黄
フォーカス

Take 07

Il s'est passé beaucoup de choses après le tournage, mais...
Hisashi, qui hésitait entre le club de ciné et le club de théâtre, a finalement choisi ce dernier.
Ichikawa a insisté jusqu'à la fin.
ARRÊTE !
C'est le club de ciné qui a déniché Ôtomo !
Ils nous l'ont volé !
GRMPF
GRMPF
ALORS ? C'EST COMMENT, LE CLUB DE THÉÂTRE ?
TU TE PLAIS ?
MMH... JE SAIS PAS TROP, POUR L'INSTANT...
ON PASSE NOTRE TEMPS À FAIRE DES EXERCICES PHYSIQUES...

GRIP
GRIP
COURIR, ÇA PASSE ENCORE, MAIS LES EXERCICES DE VOIX, C'EST DUR...
JE N'ARRIVE PAS À PARLER FORT...
HA HA ! VOUS VOUS ENTRAÎNEZ À DIRE DES TRUCS COMME A-E-I-U-E-A-O-A, C'EST ÇA ?
C'EST EXACTEMENT ÇA !
HA HA !
Comme je suis à ses côtés, je vois bien qu'il s'épanouit dans ce qu'il fait.
Ces derniers temps, il rentre même encore plus tard que moi au dortoir.
ET VOUS, ALORS ? VOUS AVEZ TOUT FINI ?

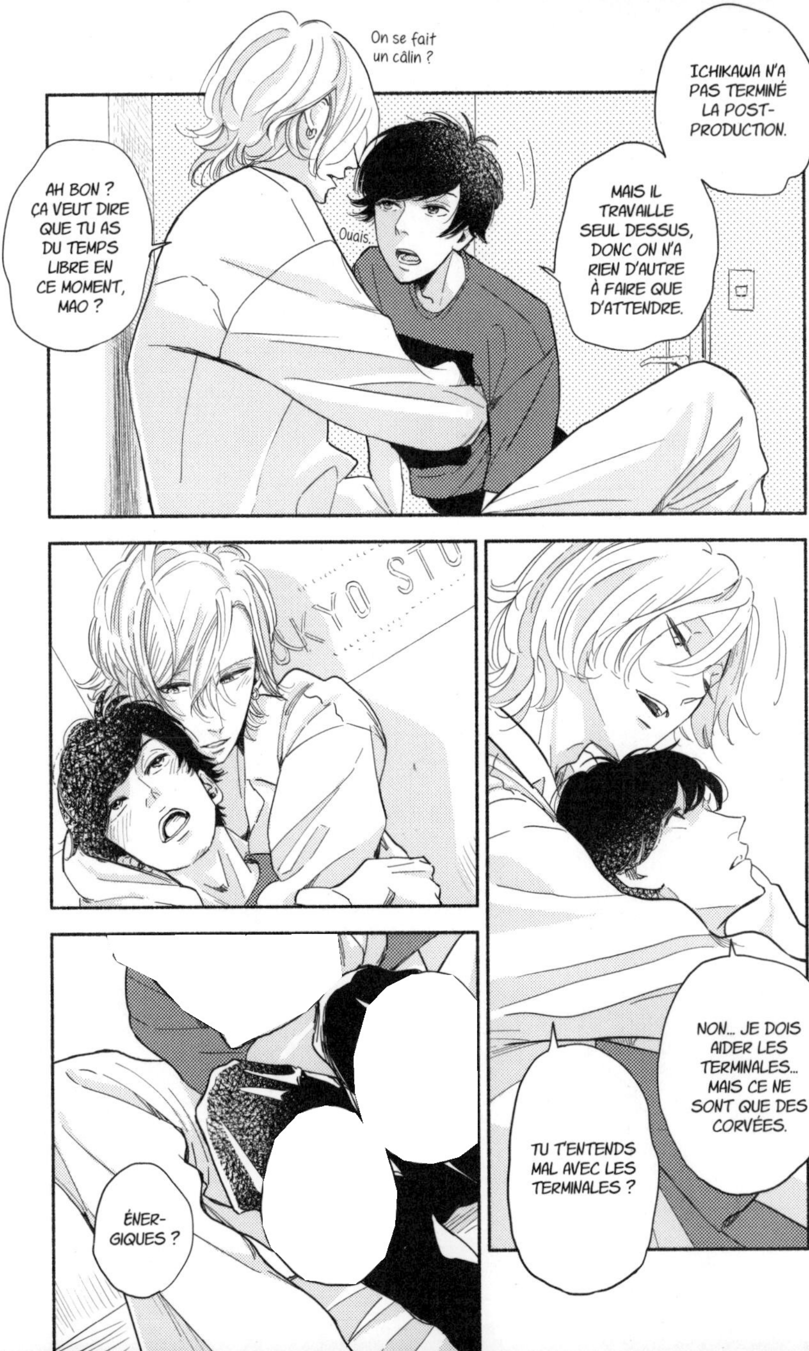
ICHIKAWA N'A PAS TERMINÉ LA POST-PRODUCTION.
MAIS IL TRAVAILLE SEUL DESSUS, DONC ON N'A RIEN D'AUTRE À FAIRE QUE D'ATTENDRE.
AH BON ? ÇA VEUT DIRE QUE TU AS DU TEMPS LIBRE EN CE MOMENT, MAO ?
Ouais.
On se fait un câlin ?
NON... JE DOIS AIDER LES TERMINALES... MAIS CE NE SONT QUE DES CORVÉES.
TU T'ENTENDS MAL AVEC LES TERMINALES ?
ÉNER-GIQUES ?

OUI... ILS SONT TOUJOURS DU GENRE À CRIER DE JOIE... ET PUIS, ILS SONT TAPE-À-L'ŒIL, AUSSI...
YEAAAH !
AAH...
ET ILS SONT TRÈS CURIEUX... TOUJOURS HEU-REUX DE FAIRE DES NOUVELLES RENCONTRES OU D'AVOIR L'OCCASION D'APPRENDRE DE NOUVELLES CHOSES...
ÉTRANGETÉ...
Pour moi, c'est compli-qué...
AAH...
Et pour Ichikawa, c'est carrément impossible.
MAIS ILS S'Y CONNAISSENT MIEUX QUE MOI, DONC JE DOIS LES OB-SERVER POUR APPRENDRE D'EUX.
IL FAUT QUE J'EN PROFITE, ILS QUITTERONT BIENTÔT LE LYCÉE.
.....
MOI AUSSI, JE VAIS M'ACCRO-CHER...
IL FAUT QUE J'OBTIENNE UN RÔLE POUR LE FESTIVAL DU LYCÉE.
MMH...

BREF, IL SERAIT TEMPS QU'ON SE COUCHE...
Je retourne dans mon lit.
TIENS ? OÙ EST MON PORTABLE ?
IL ÉTAIT POSÉ SUR LE BUREAU TOUT À L'HEURE.
AH OUI, C'EST VRAI. JE VAIS METTRE UNE ALARME.
TAP
TAP
TU DOIS ALLER AU CLUB DEMAIN MATIN ?
OUI, JE PARTIRAI TÔT.
Tu pourras dormir.
D'ACCORD...
BONNE NUIT.
REGARD...
ちら
AVANT, IL ÉTAIT CONSTAMMENT COLLÉ À SON PORTABLE...

Parfois, la nuit, la lumière de l'écran éclairait son visage...
En regardant son dos tourné, je me demandais sans cesse s'il attendait un appel de quelqu'un, et ça me rendait triste.
Je ne pouvais rien faire d'autre que de le regarder.
TU N'ARRIVES PAS À DORMIR ? ON DORT ENSEMBLE ?

AAH… QUAND ON EST SERRÉS L'UN CONTRE L'AUTRE, COMME ÇA, J'AI TOUJOURS ENVIE DE LE FAIRE…
.....
CRIIC
Peut-être que je ne devrais pas…
être aussi possessif envers lui.
Quand je tends la main, il me la prend tout de suite…
Il répond à toutes mes demandes.

MAIS... TU TE LÈVES TÔT DEMAIN, NON ?
OUI, C'EST VRAI.
MAIS ÇA FAIT RIEN... T'AS PAS ENVIE ?
BEN... SI, J'AI ENVIE, MAIS...
CRIIC
.....

MMMH...
....!
NH...
BISOU
MMH
BISOU
HAAA...

JE NE VAIS PAS TE PÉNÉTRER, JE VAIS JUSTE TE TOUCHER...
SOULÈVE UN PEU LES HANCHES ?
MMH...
TU PEUX RETENIR TA VOIX ?
NH...
OUI...
Mmh !
Nnh...
AAH...
FUIP
FUIP
FUIP
SI TU GÉMIS TROP FORT, ON VA T'EN-TENDRE...
C'EST AGRÉABLE ?
BOBOM
MH...

NNH...
HAA...
HAA...
J'AI ENVIE QUE TU AILLES ENCORE PLUS LOIN...
J'AIMERAIS BIEN QUE TU ME METTES DES DOIGTS...
AH...!
FLOUP
MAO, J'ARRIVE PAS À TE RÉSISTER QUAND TU PRENDS TON PIED...
T'ES SUPER SEXY.
AH...!
AAH !
AAH !

.....
Trop gentil...
ESSUIE
MH ? QU'EST-CE QU'IL Y A ?
T'as froid ?
JE T'AIME... SUKI...
TU SAIS, JE NE CROIS PAS EN DIEU, MAIS...
OUI...?
EN TRAIN DE S'ENDORMIR
J'AI L'IMPRESSION QU'IL RISQUE DE ME PUNIR D'ÊTRE AUSSI HEUREUX... JE VAIS TOMBER DANS LE GOUFFRE DE L'ENFER...
LE GOUFFRE...
de l'enfer ?

Oh...
LA VIE, C'EST VRAIMENT DES MONTAGNES RUSSES...
Bonne nuit...
.....
Ah, il s'est endormi...
CROAA
CROAA

MINCE, JE NE TROUVE PAS MES CLÉS... PEUT-ÊTRE QUE HISASHI EST DÉJÀ RENTRÉ ?
J'ai fini tard avec le club...
J'ai la flemme de chercher !
FOUILLE
FOUILLE
STOP !
PAS DU TOUT ! J'ATTENDAIS AVEC IMPATIENCE QUE TU M'APPELLES !
......
Bien... attendre... Ah...
Pendant un instant, je me suis dit qu'il était en train d'appe-ler son ex.
Aussitôt, j'ai paniqué.
Crétin... C'est impossible.

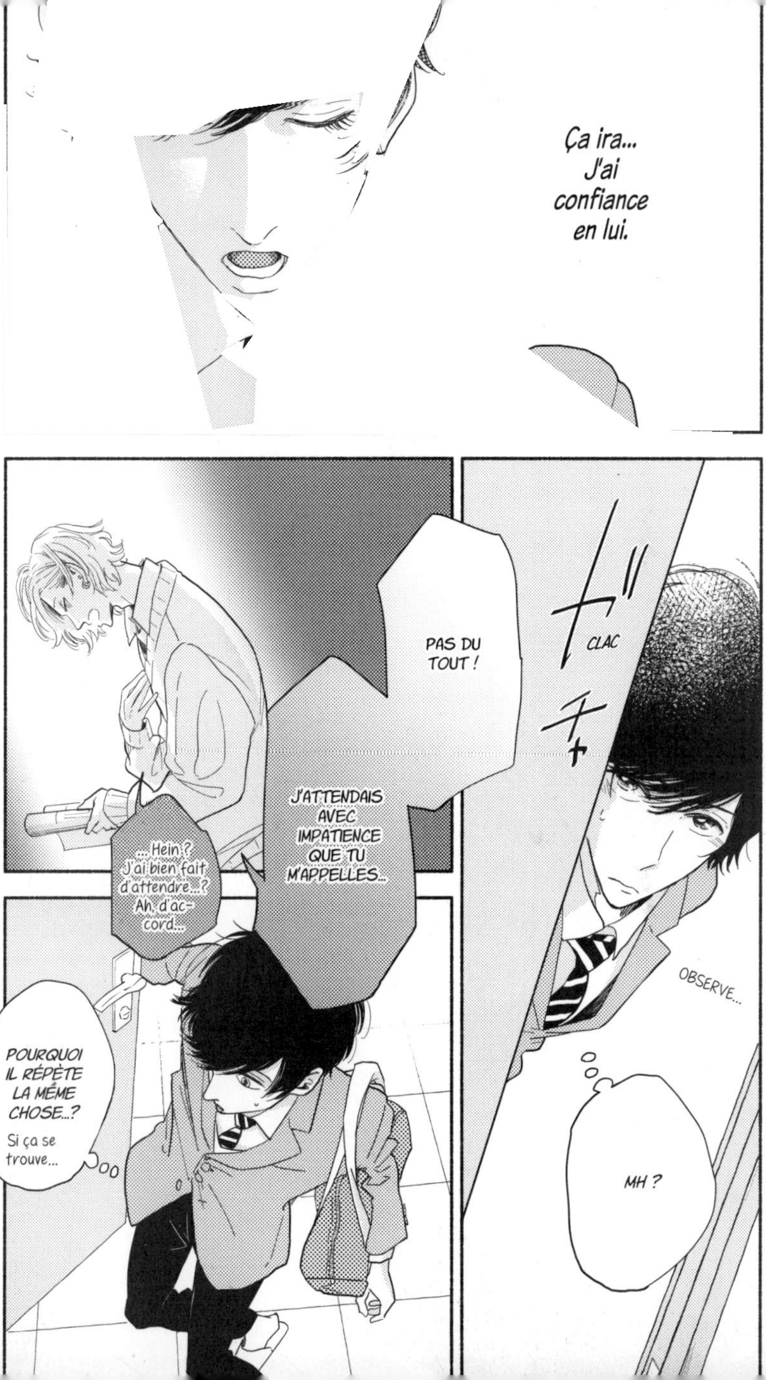

Ça ira... J'ai confiance en lui.
CLAC
OBSERVE...
MH ?
PAS DU TOUT !
J'ATTENDAIS AVEC IMPATIENCE QUE TU M'APPELLES...
... Hein ? J'ai bien fait d'attendre...? Ah, d'ac-cord...
POURQUOI IL RÉPÈTE LA MÊME CHOSE...?
Si ça se trouve...

J'AI EU UN RÔLE DANS LA PROCHAINE PIÈCE !
....!

JE N'AI QU'UNE SEULE PHRASE, MAIS BON...
JE JOUE LE RÔLE D'UN BEAU GOSSE QUI DÉRANGE LE PERSONNAGE PRINCIPAL EN TÉLÉPHONANT.
C'est bizarre, comme rôle...
MAO ?
HMPF
FÉ... FÉLICITATIONS...
PLOP
Pardon...
?!
HEIN ?!
ROULE
ROULE
JE VOIS... TU PENSAIS QUE JE TÉLÉPHONAIS À MON EX ?
Ça risque pas d'arriver...
Oui, je sais, mais...
DÉSOLÉ... JE SUIS NUL... TU AS LE DROIT DE M'EN VOULOIR...

JE NE T'EN VEUX PAS... AU CONTRAIRE, J'AI SUPER ENVIE DE TE FAIRE DES CÂLINS.
BOBOM
!!!
JE VAIS TE MONTRER À QUEL POINT JE SUIS AMOUREUX DE TOI...
Finale-ment...
On dirait que je ne vais pas tomber dans le gouffre de l'enfer, mais plutôt dans les bras de Hisashi...
Une nouvelle fois.

Love Soft Focus

HÉ, ÇA FAIT MAL DE SE FAIRE PRENDRE PAR DERRIÈRE ?
B×L

*Dans le BL, le «uke» (prononce ouké) est celui qui se fait pénétrer et le «seme» (prononce sémé) est celui qui pénètre l'autre.

パラ FLAP...
.....
パラ FLAP...
ET TOI, UCHIKAWA ? TU SERAIS PLUTÔT UKE OU SEME ?
EN DISANT ÇA, TU VIENS DE TE METTRE À DOS LA TOTALITÉ DES AMATEURS DE BOYS LOVE DANS LE MONDE ENTIER...
Je ne suis ni l'un ni l'autre... J'observe juste...
?
HEIN ? IL NE FALLAIT PAS DIRE ÇA ?
Désolé.

N'EMPÊCHE, MAO...
T'AS L'AIR CONCENTRÉ SUR TA LECTURE. ÇA TE PLAÎT TANT QUE ÇA ?
BOBOM
ドキィ
Chuchote
......
Chuchote
HEIN ?
PARLE PLUS FORT, J'ENTENDS RIEN.
Chuchote
......
Chuchote
HEIN...? «EST-CE QUE»...

«EST-CE QUE QUAND ON FAIT L'AMOUR, IL FAUT OBLIGATOIREMENT LÉCHER L'AUTRE, LUI GRIMPER DESSUS, ET TOUT LE RESTE ?»
AH LÀ LÀ...
C'EST ÇA, TA QUESTION ?
DIS PAS ÇA À VOIX HAUTE !
FUAAH...
EH BEN... C'EST POSSIBLE.
DANS LES FILMS ÉROTIQUES, ILS FONT ÇA SUPER SOUVENT.
ILS SONT DESSUS, ILS SONT DESSOUS, ILS TOURNENT...
TU TE TROMPES COMPLÈ-TEMENT !

LA PLUPART DES TITRES BL QUE J'AI RAMENÉS ICI...
SONT À PROPOS DE COUPLES QUI SE RÉUNISSENT APRÈS AVOIR TRAVERSÉ DES ÉPREUVES.
Bien sûr, il n'y a pas que ça ! Et les autres sont bons aussi ! Mais aujourd'hui, on parle d'amour !
LES FILMS ÉROTIQUES QUI STIMULENT LE DÉSIR EN MONTRANT LE SEXE ET LA BEAUTÉ SONT AUSSI TRÈS BIEN, MAIS...!
En plus, il y en a de très bons qui délivrent un message profond !
LE BL, C'EST UNE QUESTION D'AMOUR !
LE SEXE DANS LES BL, C'EST L'ALLÉGORIE DE L'AMOUR ! TU COMPRENDS ?!
*Point de vue personnel d'Ichikawa

ILS VEULENT SE DONNER MUTUELLEMENT DU PLAISIR PARCE QU'ILS S'AIMENT PASSIONNÉMENT !
ET C'EST L'HISTOIRE DE CE PRÉCIEUX AMOUR QUI EST RACONTÉ DANS CES MANGAS...
GAS... GAS... GAS... (ÉCHO)
*Point de vue complètement partial d'Ichikawa
SCHRAAAC
JE...
JE VOIS ! C'EST DONC ÇA !
L'AMOUR...!
Ok !
GRIP
HÉ, C'EST BIZARRE QUE TU SOIS D'ACCORD AVEC ICHIKAWA... T'ES SÛR QUE ÇA VA ? T'AS EU UNE RÉVÉLATION ?

JE SUIS RENTRÉ !
!!
OH...
DÉSOLÉ, JE RENTRE TARD... JE VAIS ALLER MANGER ET FILER À LA SALLE DE BAIN... IL NE ME RESTE PAS BEAUCOUP DE TEMPS AVANT LE COUVRE-FEU.
MAO, TU...

SALUT.
J'AI DÉJÀ MANGÉ ET JE ME SUIS LAVÉ.
Fiiiixe...
TU DEVRAIS TE DÉPÊCHER. IL Y AVAIT DU POULET FRIT AU REPAS CE SOIR.
OK... J'Y VAIS...
MAO...

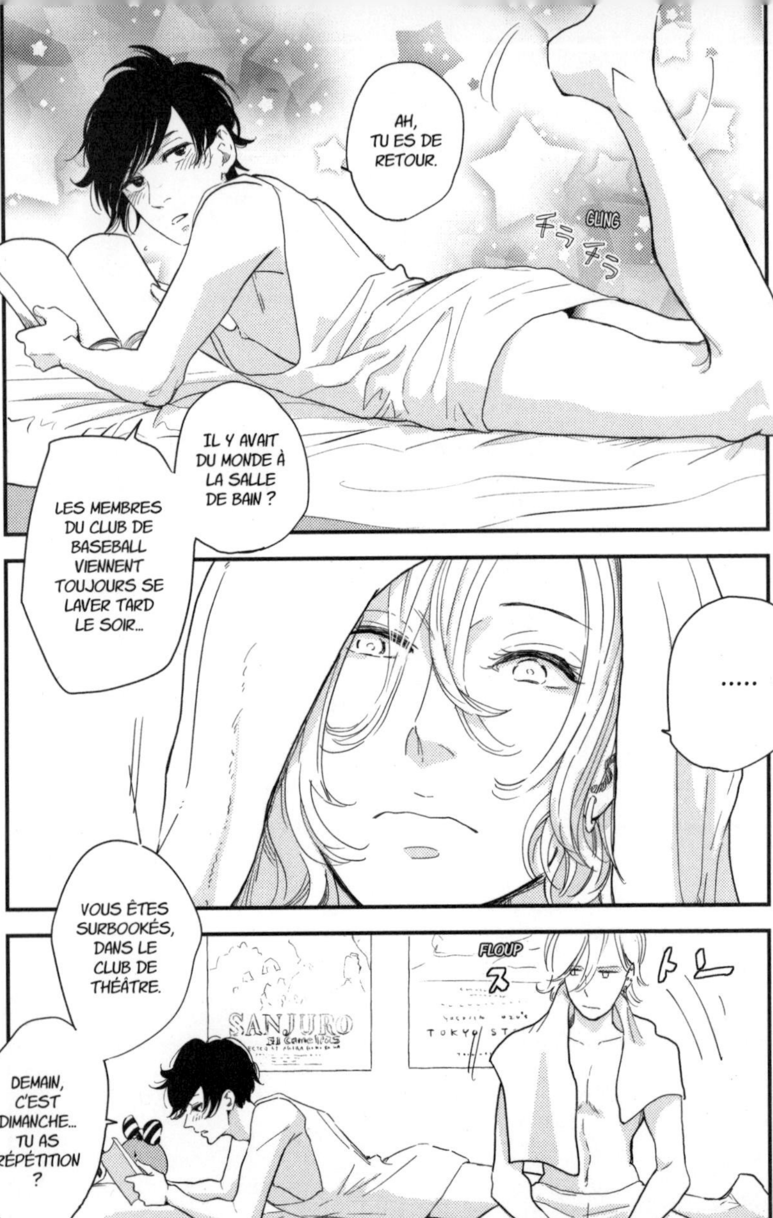
AH, TU ES DE RETOUR.
GLING
IL Y AVAIT DU MONDE À LA SALLE DE BAIN ?
LES MEMBRES DU CLUB DE BASEBALL VIENNENT TOUJOURS SE LAVER TARD LE SOIR...
.....
VOUS ÊTES SURBOOKÉS, DANS LE CLUB DE THÉÂTRE.
FLOUP
SANJURO
DEMAIN, C'EST DIMANCHE... TU AS RÉPÉTITION ?

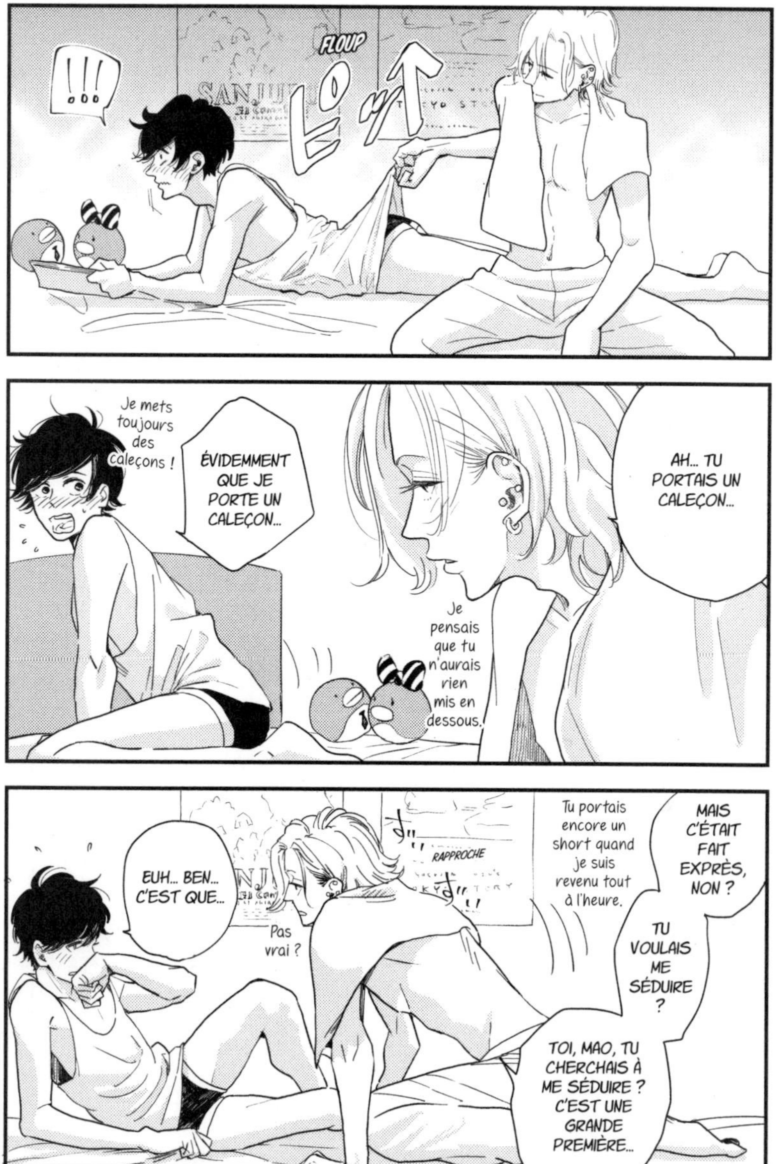
FLOUP
!!!
AH... TU PORTAIS UN CALEÇON...
Je pensais que tu n'aurais rien mis en dessous.
ÉVIDEMMENT QUE JE PORTE UN CALEÇON...
Je mets toujours des caleçons !
MAIS C'ÉTAIT FAIT EXPRÈS, NON ?
TU VOULAIS ME SÉDUIRE ?
Tu portais encore un short quand je suis revenu tout à l'heure.
TOI, MAO, TU CHERCHAIS À ME SÉDUIRE ? C'EST UNE GRANDE PREMIÈRE...
RAPPROCHE
Pas vrai ?
EUH... BEN... C'EST QUE...

CE SERAIT BIZARRE...
SI J'ESSAYAIS DE TE SÉDUIRE ?
HI HI
PAS DU TOUT.
ÇA ME REND HEUREUX.
AH ! ATTENDS !

PAF
!!
PLAF
AUJOURD'HUI, C'EST MOI QUI FAIS TOUT...
ALORS NE ME TOUCHE PAS, HISASHI.

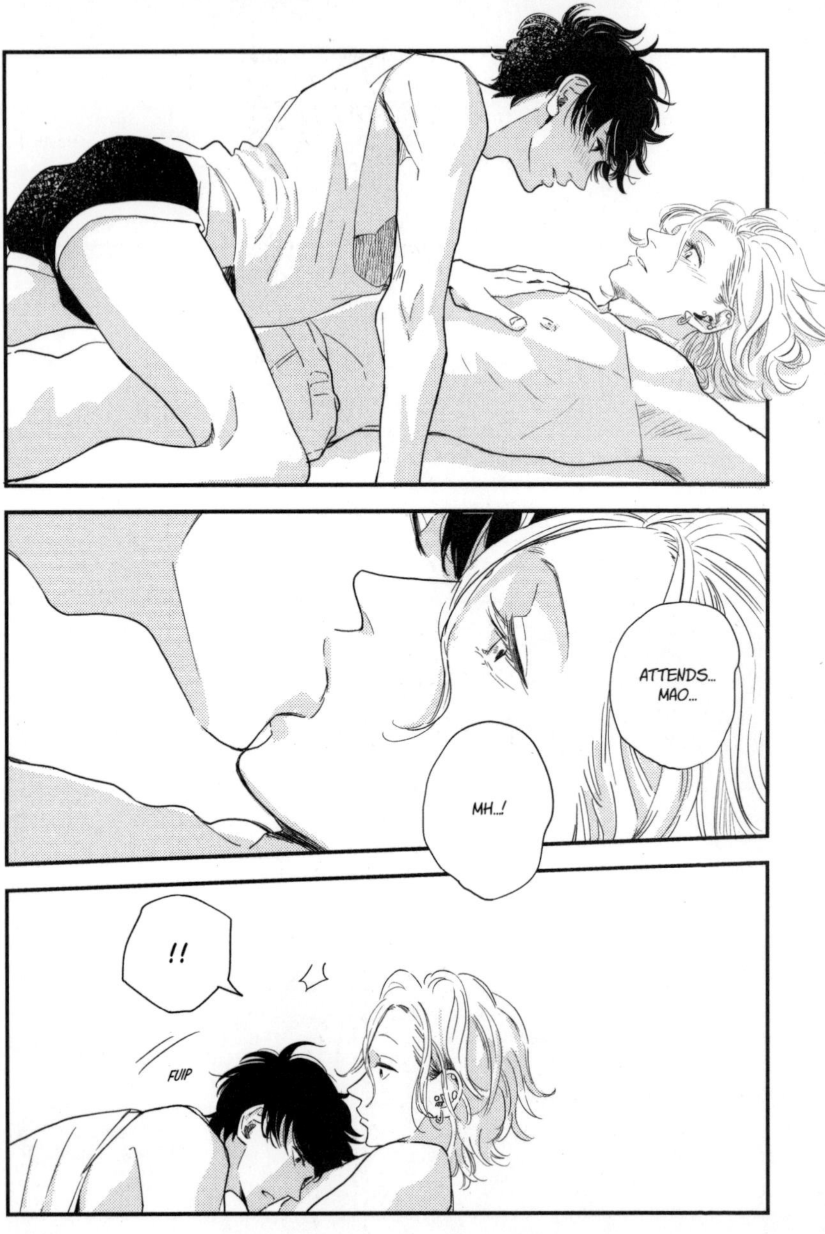
ATTENDS... MAO...
MH...!
!!
FUIP

MAO... QUAND TU DIS QUE TU VAS TOUT FAIRE...
TU VAS FAIRE QUOI, AU JUSTE...?
BOBOM
FLOUP FLOUP
NE ME DIS PAS QUE...
SLURP...!
OH...
SLURP SLURP
....
BISOU
BISOU
MIAOU MIAOU...
BUVEZ !
SLURP SLURP SLURP
Chatons
HI HI
!!
P... POURQUOI TU RIGOLES ?!
Tu te moques de moi ?!
On dirait un chat...
AH, PARDON, PARDON ! MAIS C'EST TROP MIGNON !
MAIS QU'EST-CE QUI TE PREND, D'UN COUP ?

TU AS ENVIE D'ÊTRE CELUI QUI ME PÉNÈTRE, POUR UNE FOIS ?
HEIN ? EUH...
J'Y AVAIS JAMAIS RÉFLÉCHI...
Peut-être...
C'est vrai qu'il y a cette possibilité...
AH BON...
Je suis un peu soulagé que ce soit pas ça, à vrai dire.
CHUCHOTE
JE VOULAIS JUSTE TE DONNER DU PLAISIR...
D'HABITUDE, C'EST TOUJOURS TOI QUI T'OCCUPES DE MOI...
ALORS JE VOULAIS TE FAIRE DU BIEN...

MARMONNE
TE LÉCHER...
GRIMPER SUR TOI...
Et d'autres trucs...
MARMONNE
.....
J'AI COMPRIS.
Calme-toi.
DANS CE CAS, C'EST CE QU'ON VA FAIRE.
MAO, TU VEUX BIEN TE TOURNER ?
ME TOURNER ?
CRIIIC
METS-TOI À QUATRE PATTES SUR MOI ET RAP-PROCHE TES FESSES.
COMME ÇA...?

!!
TIRE
AH...!
POURQUOI C'EST TOI QUI ME TOUCHES ?
JE VOULAIS...
...le faire...

.....
ドキドキ
BOBOM
AAH...

SLURP
NNH...
SLURP
NH ...
NNNH...
AH...
AH...!
SLUURP...
NNH...
MH...
SLURP
SLURP
AH...
AAAH !
AH...!
BOBOM

SLURP
SLURP
AH...
AAH...
JE... JE VAIS PAS TENIR...
JE VAIS JOUIR...
FLAP
NNH...
OK...
VIENS PAR ICI.
C... COMME ÇA ?
NH...
HAA...
HAA...
OUI, VOILÀ. BAISSE DOUCEMENT LES HANCHES.
JE TE TIENS.
CRIIC
AH, ÇA A GLISSÉ... ATTENDS... VOILÀ.

HAA...
TREMBLE
AAH...
AAH...
TREMBLE
HAA...
OUI.
HAA...
BOBOM
AAH...
MMH !
BOBOM
PAF
JE...
AAH...!
PAF
HAA
FI...
HAA...
FINALEMENT, HISASHI, C'EST...
C'EST ENCORE TOI QUI AS TOUT FAIT...
HHH...
AAH...
C'EST PAS VRAI.

C'EST LA PREMIÈRE FOIS QUE JE TE VOIS RESSENTIR AUTANT DE PLAISIR, MAO...
ET PUIS...
J'ÉTAIS SUPER HEUREUX...
QUAND TU M'AS DIT QUE TU VOULAIS PRENDRE L'INITIATIVE...
C'EST SUPER BON POUR MOI AUSSI...

NYARK
NYARK
MAIS ÇA M'A SURPRIS...
TU M'ATTENDAIS À MOITIÉ À POIL...
Les jambes nues...
.....
JE VOIS... ALORS C'ÉTAIT UNE TENUE SEXY, À TES YEUX...
Un short court et un débardeur large...
RÊVEUR...
Trop mignon... Je t'aime...
AH... J'AI VU ÇA DANS UN MANGA BL...
IL Y AVAIT UN MEC QUI SÉDUISAIT SON COPAIN EN PORTANT UNE TENUE SEXY.
NERVEUX
NERVEUX
JE N'AURAIS PAS DÛ FAIRE ÇA ?
C'était bizarre ? Ou c'était pas suffisant ?
AU CONTRAIRE, J'AI ENVIE QUE TU RECOMMENCES.
ET LA PRO-CHAINE FOIS, PAS DE CALEÇON EN DESSOUS !
NO
FLAP
FLAP
UH...
TON... TON REGARD ME FAIT PEUR, HISASHI.

IL ÉTAIT À TOI, CE SHORT SEXY, MAO ?
OUI, JE L'AVAIS MIS POUR ME DÉGUISER PENDANT UN FESTIVAL AU COLLÈGE...

Les lumières du ciel nocturne

Je détestais la nuit.

Comme je ne voulais pas rentrer,
j'allais au game center,
au McDo, au combini*.

Je ne me sentais
chez moi nulle part.

*Supérette ouverte 24h/24

Je faisais des vœux quand
je voyais des étoiles filantes,

Mais j'avais l'impression qu'ils
ne se réaliseraient jamais.

ON SORT, ALORS CHANGE-TOI.
DORTOIR HII-RAGI

ON SORT DU DORTOIR ?
APRÈS LE COUVRE-FEU ? T'ES UN VRAI REBELLE, MAO.
EH OUI ! JE SUIS UN REBELLE.
HA HA HA !
AH LÀ LÀ...
J'ai peur.
EXCITÉ
EXCITÉ
C'EST COMPLÈTEMENT INTERDIT,
ALORS JE VOULAIS T'EMMENER AVEC MOI. TU VIENS ?
Let's go !

DEPUIS L'OBSERVATOIRE DE MIDORIGAOKA, ON VOIT L'ÉCOLE.
ÇA FAIT UN AN QUE JE LA PRENDS EN PHOTO OU QUE JE LA FILME,
MAIS JE N'Y SUIS ENCORE JAMAIS ALLÉ DE NUIT.
AUJOURD'HUI, LE CIEL ÉTAIT DÉGAGÉ...
C'ÉTAIT LE BON MOMENT POUR Y ALLER.
TU VEUX UTILISER LES IMAGES POUR UN FILM ?
NON... C'EST JUSTE UN LOISIR... UNE SORTE DE SOUVENIR.
AH BON... JE NE SUIS JAMAIS MONTÉ JUSQU'À L'OBSERVATOIRE.
LE PAYSAGE EST BEAU, LÀ-BAS ?

*Les nikuman sont des brioches chinoises chaudes fourrées à la viande. Les combini en vendent en hiver.

Pourtant, je détestais la nuit...
QUAND TU ME PARLAIS DE L'OBSERVATOIRE, JE VOYAIS ÇA PLUS ANIMÉ...
C'EST PARCE QUE C'EST LA NUIT QU'IL N'Y A PERSONNE ?
MÊME LE JOUR, IL N'Y A PAS GRAND-MONDE.
SAUF DES GENS QUI PASSENT PAR ICI EN FAISANT LEUR JOGGING...

*Test de courage : activité qui consiste à tester son courage en allant de nuit dans des lieux effrayants (maisons hantées, cimetières, etc...). Généralement pratiqué en été.

AH BON... PARCE QUE SI TU AVAIS EU PEUR, TU AURAIS PU ME SERRER CONTRE TOI...
Enfin.
!!
HI HI...
HA HA...
DANS CE CAS, JE TE SERRE CONTRE MOI.
J'ai trop peur !
OUAH !
HA HA HA !

CÂLIN...
HISASHI ?
Chuchote
C'EST VRAI... PEUT-ÊTRE QUE JE NE DÉTESTAIS PAS, MAIS QUE J'AVAIS JUSTE PEUR...
J'avais peur du bruit, de la solitude, j'avais qu'on me voie.

MH...
MH...
NH...
HH...

NNH...
HAA...
NNH...
FLUIP
....!?
HISASHI... ATTENDS...
SURSAUTE
BISOUUU ♡
RIEN QU'UN INSTANT...
JE VEUX JUSTE TE TOUCHER LE DOS.
FUIP...

!!!
ROUGIT...
HISASHI... ARRÊTE, ON EST DEHORS...
Tremble
Tremble
SURSAUTE
AH !
GRIP
IL FAIT SOMBRE ET IL N'Y A PERSONNE, ÇA VA.

C'EST LA NUIT, TOUT VA BIEN.
HMPF !
HÉ HO !!
C'EST PEUT-ÊTRE LA NUIT, MAIS ON EST QUAND MÊME DEHORS ! ALORS NON !
.....
EN PLUS... ON NE POURRAIT PAS ALLER JUSQU'AU BOUT...
AU...
AUTANT RENTRER AU DORTOIR ET PRENDRE NOTRE TEMPS...
NERVEUX
BOBOM...

D'ACCORD. DÉPÊCHONS-NOUS DE RENTRER DANS NOTRE CHAMBRE, ALORS.
MAIS ÇA SERAIT BIEN QU'ON SE FASSE ENCORE D'AUTRES SORTIES COMME ÇA.
DE NUIT, DE JOUR, PEU IMPORTE...
MAIS RIEN QU'À DEUX.
OK ?

Sur le chemin du retour, on a vu des étoiles filantes.

Twilight Outfocus Overlap

take.1

MH...
MAO...
EXCUSE-MOI, HISASHI... JE T'AI RÉVEILLÉ ?
MMH... TU TE LÈVES TÔT...
IL EST PAS ENCORE SIX HEURES...
VIENS TE COUCHER AVEC MOI ?
OK.

POURQUOI TU TE LÈVES SI TÔT ?
MAINTENANT QUE LE FILM EST TERMINÉ, ON VA LE METTRE EN LIGNE SUR NOTRE CHAÎNE.
VOUS AVEZ UNE CHAÎNE POUR LE CLUB ?
C'EST LE FILM OÙ J'APPA-RAIS ?
OUI, CELUI QUI S'APPELLE «LES SAISONS ET TOI, ETC».
AH...
HISASHI... OÙ TU ME TOUCHES, LÀ...?
AAH...!
MH ?
FROTTE
FROTTE
HI... HISASHI ! ARRÊTE !
POURQUOI ? TU VEUX PAS ?
C'EST PAS QUE JE VEUX PAS, MAIS...

ON A PASSÉ LA SOIRÉE D'HIER À FAIRE ÇA...
BOBOM !
......
AAAH !
T'ES TELLEMENT MIGNON QUE J'AI ENVIE QU'ON LE FASSE TOUT LE TEMPS !
TROP CHOU !
GRIMPE
OUAH !
EUH...
HEIN ?!
BOBOM
BISOU
BISOU
AH...!
AAH...

AAH...
MMH...
NH...
Ça fait trois mois que je sors avec Hisashi.
Il s'est passé beaucoup de choses entretemps.
Comme le concours du festival du lycée...
Festival du lycée Midorigaoka

FESTIVAL DU LYCÉE MIDORIGAOKA
Pour le concours annuel du club de cinéma, les votes sont terminés et ont été comptabilisés
par le Conseil des Élèves.
Voici les résultats…
Le film des terminales, «Le messager extraterrestre – The End of The World – Organisme Dangereux», a récolté 423 votes.
Le film des premières, «Les saisons et toi, etc…», obtient 214 votes.
OUAIIIIS !
わあ
Ce sont les terminales qui gagnent le prix !
FESTIVAL DU LYCÉE MIDORIGAOKA
On voyait bien qu'Ichikawa était dépité.
Moi aussi, j'étais déçu.

GRAAH !
ALORS VOILÀ !!
C'EST PAS LA PEINE DE TIRER UNE GUEULE D'ENTERREMENT !!
DÉPRIMÉS...
AVANCE...
ALLONS, ALLONS, TOUT LE MONDE, NE SOYEZ PAS TRISTES.
Un petit mot de la part d'un invité...
Oups, j'ai commencé à boire.

RAYOOOONNE...
Il scintille...
ÇA NE CHANGE RIEN AU FAIT QUE NOUS AVONS CRÉÉ UN MERVEILLEUX FILM.
GAGNER LE PRIX, C'EST SECONDAIRE !
MERCI, HONJÔ, C'EST MAGNIFIQUE, CE QUE TU DIS !
GLING
GLING
AMEN
TU ES MON NOUVEAU DIEU, HONJÔ !
TU NOUS SAUVES LA VIE !
ÔTOMO-KUN, QU'EST-CE QUE TU EN PENSES ?
HEIN ?
MOI ? EH BIEN...

Je ne pensais pas que Hisashi dirait une chose pareille...
ALORS... LA PROCHAINE FOIS, ON VA FAIRE DE NOTRE MIEUX ?
J'imagine...
POUR-QUOI TU TOURNES ÇA COMME UNE QUESTION ?
Dis-le avec fermeté !
HA HA HA !
MERCI, ÔTOMO...
MAIS TOUT DE MÊME...
Tu es trop gentil !
POUF
GRAAAAH !
ÇA M'ÉNERVE !! JE NE VOULAIS ABSOLUMENT PAS PERDRE CONTRE LES TERMINALES !!
NON !! JE RETIRE CE QUE J'AI DIT !! ON N'A PAS ENCORE PERDU !!
PAF !!
ÇA SUFFIT ! ACCEPTE LA DÉFAITE ET PASSE AU PROJET SUIVANT !
PAS DE VACANCES D'ÉTÉ POUR TOI, ICHIKAWA !
SANTÉ !
Voir Hisashi se mêler aux autres et rire de cette façon...
Je n'aurais jamais imaginé que ce soit possible, avant.

TIC
TAC
ON VA ÊTRE EN RETARD...
On n'aura même pas le temps de petit-déjeuner.
HAA...
.....
Tout satisfait
HISASHI, T'ES PRÊT ? TU AS UNE RÉPÉTITION CE MATIN, NON ?
PANIQUE
MH... SI JE COURS, J'ARRIVERAI À TEMPS.
TU VAS AU CLUB DE CINÉ, CE MATIN ? LES VACANCES D'ÉTÉ VIENNENT À PEINE DE SE TERMINER...
C'EST SEULEMENT HIER QUE VOUS AVEZ REPRIS LE CLUB, NON ?
HIER, C'ÉTAIT JUSTE UNE RÉUNION.
AU-JOURD'HUI, ON FAIT UNE VÉRIFICA-TION DU MATÉRIEL.
VITE, FAUT QU'ON SE DÉPÊCHE !
AH, ATTENDS, MAO...

ZUT, J'AI PLUS ENVIE D'Y ALLER, MAINTENANT...
ET SI ON SÉCHAIT LE CLUB POUR SE FAIRE DES CÂLINS ?
DIRECT
IMPOSSIBLE. ON A COURS, AUJOURD'HUI.
ET IL FAUT QU'ON PRÉPARE LE NOUVEAU PROJET DU CLUB ! C'EST PAS LE MOMENT DE SÉCHER.
OK, OK...
JE VAIS ESSAYER D'ÊTRE ASSIDU, ALORS.
HISASHI !
COURS !
On est en retard !
En un clin d'œil, on est passés de l'été à l'automne.

Pendant les vacances, Hisashi et moi, on a été super occupés, avec nos petits boulots et nos clubs.
PETROL
Pompiste
Distribution de flyers
Club
Déménageur
L'été a filé comme une flèche.
Club
On a également réussi à caser quelques sorties en amoureux.
Mao, tu rentres chez toi pour Obon* ?
[*Obon : fête honorant les esprits des ancêtres]
Oui... C'est le seul moment de l'année où mes parents tiennent absolument à ce que je rentre à la maison.

Et toi, Hisashi...
Plus je suis avec Hisashi, plus je tombe amoureux de lui.
.....
HI HI !
Qu'est-ce qu'il y a, Mao ? Tu veux que je recommence ?
J'ai envie qu'il soit heureux d'être avec moi et qu'il ait le cœur qui se serre quand on est ensemble...
BOBOM
Une minute ! C'est à moi de faire en sorte que ça arrive, non ?
Quand on se prend par la main, quand on s'embrasse... et pour le sexe aussi... C'est toujours Hisashi qui prend l'initiative, non ?
NERVEUX
SPLASH !
Ferré comme un poisson
En fait, c'est Hisashi qui fait tout !! Moi, je me laisse complètement faire !!

CE MATIN AUSSI, C'EST HISASHI QUI A COMMENCÉ...
ET DU COUP, ON ÉTAIT EN RETARD...
URGH...
À vrai dire, depuis le début...
Je suis habitué à ce que ce soit comme ça, mais...
J'AI ENVIE QUE ÇA CHANGE.
IDÉAL
Pi
Peut-être que si je prenais l'initiative, moi aussi, ça pourrait donner quelque chose de sexy...
Laisse-moi faire...
Pu
WHAM

SALUT, MAO !
QU'EST-CE QUE TU FAIS À RÊVASSER ? TU PENSES À DES TRUCS PERVERS ?
BAM
P-
P-
Je pense à rien !
PAS DU TOUT !
POURQUOI TU PANIQUES ?
AH, MAO, J'AI VÉRIFIÉ, LE FILM EST BIEN EN LIGNE. MERCI DE T'EN ÊTRE OCCUPÉ !
AVEC ÇA, TOUT LE MONDE VA NOUS CONNAÎTRE !
Regardez le nombre de vues !
ÇA VA ÊTRE COMPLIQUÉ, SANS FAIRE DE PROMO.
MAIS PLUS DE 50 VUES, C'EST DÉJÀ PAS MAL !
Film indépendant «Les saisons et toi, etc…»
52 vues – Il y a 2 heures
2
0
CE SERAIT PAS TOI QUI AURAIS ACTUALISÉ LA PAGE SANS ARRÊT, ICHIKAWA ?
HA HA !
C'EST PROBABLE !
C'EST FAUX ! J'AI JUSTE ACTUALISÉ UNE VINGTAINE DE FOIS…
Je voulais vérifier que ça fonctionnait !

AU FAIT, NE M'ATTENDEZ PAS, JE DOIS PASSER PAR LA SALLE DES PROFS POUR DÉPOSER MES VOEUX D'ORIEN-TATION.
JE CROYAIS QU'ON DEVAIT LES DÉPOSER AVANT LES VACANCES D'ÉTÉ ?
MES PARENTS ÉTAIENT PARTIS À L'ÉTRANGER, DONC ILS N'ONT PAS PU LES SIGNER.
AH D'ACCORD... À TOUTE, ALORS !
LES VŒUX D'ORIENTATION...
J'AI DU MAL À ME FAIRE À CETTE IDÉE.

Après le festival du lycée, où on a perdu le concours...
Les terminales ont quitté le club pour avoir le temps de réviser pour leurs examens, et Ichikawa est devenu président.
Les vacances se sont terminées en un clin d'œil.
L'automne arrive... On va devoir remettre nos uniformes d'hiver.
Bientôt, on sera tous en terminale...
JE ME DEMANDE CE QU'ON VA DEVENIR... HISASHI ET MOI...

MAO !
HISASHI...
Quelle coïncidence !
COMME ON SE RETROUVE, DIS DONC !
VOUS VOUS ENTRAÎNEZ, TOUS LES DEUX ?
OUI. ON A FAIT UN PEU DE JOGGING, ET LÀ ON VA S'ENTRAÎNER DANS LE GYMNASE.
ET TOI, MAO, QU'EST-CE QUE TU FAIS ?
JE VAIS EN SALLE DES PROFS.
JE DOIS DONNER MES VŒUX D'ORIENTATION AU PROF PRINCIPAL.

TES VŒUX D'ORIENTATION ? C'EST VRAI, JE NE T'AI MÊME PAS DEMANDÉ OÙ TU VOULAIS ALLER...
PAS GRAVE, JE NE T'AI RIEN DIT NON PLUS... JE VOUDRAIS ALLER DANS UNE UNIVERSITÉ AVEC UN CURSUS CINÉMA.
JE ME SUIS DÉCIDÉ POUR CELLE-LÀ PARCE QU'ICHIKAWA ET LES AUTRES VEULENT Y ALLER AUSSI...
ALORS VOUS ALLEZ TOUS PASSER LES EXAMENS D'ENTRÉE ENSEMBLE ?
!!
.....
OUI...
VOUS ÊTES VRAIMENT TRÈS PROCHES, TOUS LES DEUX !
FIIIIXE...
TOUT COLLÉS
!
BIEN SÛR QU'ON EST PROCHES.
ON EST COLOCA-TAIRES.
CÂLIN !
AH LÀ LÀ...
AH !?

POUR ÊTRE HONNÊTE, VOUS RES-SEMBLEZ PLUS À UN COUPLE...
C'EST PARCE QU'ON EST COLOCATAIRES !
(Forte conviction)
Ça rapproche, d'habiter ensemble !
PANIQUE
PANIQUE
HMMM...
PAS VRAI, MAO ?
.....
C'est toi qui as dit que tu ne voulais pas que ça se sache...
BON, JE PARS EN PREMIER.
NE SOIS PAS EN RETARD, SINON SEMPAI VA SE METTRE EN COLÈRE.
Les terminales ont décidé de continuer à participer au club de théâtre.
HISASHI... TU DEVRAIS Y ALLER, OU TU VAS TE FAIRE GRONDER.
TU VEUX PAS ME PORTER SUR TON DOS, MAO ?
CARESSE

JE SUIS FATIGUÉ...
Ces derniers temps, j'ai compris quelque chose.
Quand Hisashi se montre affectueux comme ça...
C'est parce qu'il se sent seul,
Ou quand il a trop forcé et qu'il est fatigué.
HISASHI...
JE BLAGUE, JE BLAGUE.
ALLEZ, J'Y VAIS. JE N'AIME PAS ME FAIRE EN-GUEULER PAR LES TERMINALES, C'EST TOUJOURS BRUTAL.
FUIP

Oui, à toute.
J'ai l'impression que le club de théâtre me vole Hisashi...
Et il s'entend aussi de mieux en mieux avec Honjô...
À tout à l'heure !
Ou alors, c'est quand moi je me sens seul ?
Ça me fait plaisir...
de voir que Hisashi commence petit à petit...
à s'ouvrir au monde extérieur.
Je veux qu'il découvre encore beaucoup d'autres choses...
Et qu'il suive la voie qu'il aura trouvée.

Mais malgré tout... Parfois, je me dis que j'aimerais que ça redevienne comme avant...
Et j'ai honte de penser ça.
...!?

ZIEUTE...
??
QU'EST-CE QUI SE PASSE ?
DÉSOLÉ... J'AI BESOIN DE TOI POUR ME RECHARGER EN ÉNERGIE...
Ah là là...
Une nouvelle fois, Hisashi réussit parfaitement à comprendre ce que je ressens.

Ça me rend heureux...
MERCI... ALLEZ, J'Y VAIS !
HI...
HISASHI !
COURAGE !
TOI AUSSI, MAO !
Moi aussi...

Je voudrais le rendre encore plus heureux...
Que ce soit avec mes mots, mes gestes, mes actions...
Ma façon d'être...
J'aimerais bien réussir à lui dire à quel point je l'aime.
Hisashi y arrive, lui...
Je voudrais faire comme lui.

Mais pour ça...
ALLEZ, TOUT LE MONDE ! TOUS EN CHŒUR !
CRIEZ BIEN FORT : «PRÉSIDENT ICHIKAWA» !
ALLEZ ! UN, DEUX...
Aah, c'est ringard !
Trop ringard !
C'est nul !
Moi, je t'appelle pas comme ça !
BOBOM
CLAC !!
D'abord, je dois devenir un homme, un vrai ! !!
C'EST PARTI MON KIKI !
OOH...
MAO, T'AS L'AIR DRÔLEMENT MOTIVÉ.
TU AS LE REGARD EN FEU.
Qu'est-ce qui t'arrive ?
Laisse-moi faire...

Pas à pas...
(À moins que ce ne soit «trois pas en avant et deux pas en arrière» ?)
Aucun changement ne se fait du jour au lendemain, après tout.
Le quotidien défile tranquillement devant nos yeux.

À vrai dire, je ne sais pas vraiment quelle direction je suis censé prendre,
mais...
Film indépendant «Les saisons et toi, etc...»
9
0
1027 vues – Il y a 1 jour

12,612 vues – Il y a 2 jours
Film indépendant
73,045 vues – Il y a 3 jours
2052
19
Film
237,555 vues
8301

.....
.....
.....
ATTENDEZ, ATTENDEZ !!
REGARDEZ !! ON FAIT LE BUZZ !! ON FAIT LE BUZZ !!
NOTRE FILM «LES SAISONS ET TOI, ETC...» FAIT LE BUZZ SUR LA TOILE !!

HEIN ?
Film indépendant «Les saisons
378,224 vues – Il y a 5 jours
12000
98
Abonnés à la chaîne

Twilight Outfocus Overlap
take.2

BROUHAHA
ÇA GRIMPE À TOUTE VITESSE... T'ÉTAIS AU COURANT ?
NON, PAS DU TOUT...
BROUHAHA
DIRE QUE JE ME DISAIS QU'IL Y AVAIT BEAUCOUP DE VUES IL Y A TROIS JOURS...
BROUHAHA
COMMENT ÇA SE FAIT ? QUELQU'UN A PARLÉ DE NOUS QUELQUE PART ?
EN LARMES
JE... JE N'ARRIVE PAS À Y CROIRE...
On a perdu le concours contre les terminales, mais on a gagné la guerre...
GLOUPS
BAH, C'EST PLUS IMPORTANT DE FAIRE LE BUZZ QUE DE GAGNER LE CONCOURS !
DIRECT
N'EMPÊCHE,
LA CHAÎNE DU LYCÉE MIDORIGAOKA DÉPASSE RÉGULIÈREMENT LES MILLE VUES,
MAIS LÀ, C'EST VRAIMENT UN EXPLOIT.

JE TE SIGNALE QUE NOTRE FILM PRÉCÉDENT A ÉTÉ VU 2590 FOIS !
OUAIS, OUAIS.
C'est incroyable...
C'est pour nous parler de ça que vous nous avez fait venir ?
QU'EST-CE QUI S'EST PASSÉ ?
Ouah... Le nombre de vues a encore augmenté...
REGARDEZ, ON DIRAIT QUE TOUT EST PARTI DE LÀ.

[*Bias : le membre préféré d'une personne dans un groupe de J-pop ou K-pop. Un idol* (prononcé à l'anglaise aïdol) est un artiste faisant partie de ces groupes et doté de nombreuses compétences telles que le chant (ou rap), la danse, etc.]

IL... IL Y A PLEIN DE PHOTOS DE TOI QUI TOURNENT SUR LE NET, HISASHI... ÇA NE TE DÉRANGE PAS ?
Il est trop beau sous cet angle !
C'est des compliments, mais bon...
ON NE PEUT RIEN Y FAIRE, DE TOUTE FAÇON, NON ?
ILS ONT DÉCOUVERT MON NOM ET MES PHOTOS SUR LE SITE DU CLUB DE THÉÂTRE...
APRÈS TOUT, TU N'AS RIEN FAIT POUR CACHER TON VISAGE ET TON NOM DE FAMILLE...
MAIS C'EST PAREIL AVEC LES MEMBRES DES CLUBS DE SPORT PENDANT LES COMPÉTITIONS.
On peut trouver les résultats en ligne.
JE VOIS... C'EST VRAI QU'AVEC LE CONCOURS, TOUT ÉTAIT SUR LE SITE...
C'est grave ou pas ? J'arrive pas à dire...
MAINTENANT QUE LA VIDÉO DEVIENT VIRALE, ON REÇOIT PLEIN DE MAILS DE SOLLICITATION.
ATTENDEZ ! C'EST PAS TOUT.
HMMM...
C'EST VRAI ?! DES SOLLICITATIONS POUR DES FESTIVALS DE CINÉMA ??

*Un dôjinshi est un manga indépendant ou fanzine mettant souvent en scène les personnages d'une histoire préexistante.

Mail n°3
Je voudrais que vous soyez modèle pour mes dessins
Mail n°4
Est-ce que vous voulez être mannequin capillaire ?
Mail n°5
Voulez-vous venir travailler chez nous ?
GRRRRR !
C'est que des mails pour toi, Hisashi...
Y'a rien qui m'intéresse là-dedans...
C'EST QUOI, ÇA ?! QUE DES GENS QUI NE S'INTÉRESSENT PAS AU CINÉMA !! ÇA PARLE QUE D'ÔTOMO !
C'EST TOUT ? IL N'Y A QUE ÇA ? PAS DE REVIEWS, DE CRITIQUES DU FILM ?
IL RESTE UN MAIL, C'EST UN MESSAGE VIDÉO. VENEZ AUTOUR DE L'ORDI, ON VA LE REGARDER.
TADAM...
Bonjour à tous les membres du club vidéo de Midorigaoka !

HELLO !
Nous sommes le groupe de musique Blue Frame Out, et nous sommes étudiants à l'université Tarumae.
Nous avons vu votre film, et il était excellent… Pas vrai ?
Oui, c'était une belle histoire très romantique, et vos jeux de lumière étaient incroyables.
Oui, la scène au crépuscule restera gravée dans mon cœur !
Ça nous a vraiment émus de voir un groupe de lycéens dans la même ville que nous faire un si bon film.
On vous contacte pour savoir si vous accepteriez de filmer notre clip vidéo.
Le physique de votre personnage principal, Ôtomo, correspond parfaitement à l'ambiance de notre morceau…
S'il accepte de participer, on en serait ravis !

On mettra en pièce jointe une vidéo de nous en train de jouer le morceau en question, pour que vous puissiez l'écouter et voir si le projet vous intéresse.
À bientôt !
SALUT !
CLIC !
VRRRR...

KAGARI, TU POURRAS ALLER DEMANDER L'AUTORISATION À NOTRE CPE ?
ÇA MARCHE !
MAO, IL FAUDRA CHOISIR LES MEMBRES DE L'ÉQUIPE. MIEUX VAUT QU'ON SOIT PEU NOMBREUX.
COMPRIS.
ET PUIS...
LEUR DEUXIÈME REQUÊTE SERAIT QUE TU PARTICIPES.
CLAC
CLAC
ÔTOMO, EST-CE QUE TU VEUX APPARAÎTRE DANS LE CLIP ?
CETTE FOIS-CI, TU SERAIS SEUL.
HONNÊTEMENT, J'ESPÈRE QUE TU VAS DIRE OUI.
PERSONNELLEMENT, J'ADORERAIS AVOIR L'OCCASION DE TE FILMER UNE NOUVELLE FOIS, ÔTOMO.
QU'EST-CE QUE TU EN DIS ?

JE...
C'EST IMPOSSIBLE...
HONJÔ EST BEAUCOUP PLUS DOUÉ QUE MOI, IL Y ARRIVERA MIEUX...

Dortoir Hiiragi
Qu'est-ce que je suis censé faire ?
Discuter avec lui ?
Lui demander pourquoi il a refusé ?
SI C'ÉTAIT MOI, JE N'AIMERAIS PAS QU'ON ME POSE LA QUESTION...
MAIS IL N'A PAS L'AIR EN FORME...
PENSIF
PENSIF

Après tout, je ne peux rien faire pour lui...
C'est moi qui reçois tout, mais je ne donne jamais rien en échange, je suis égocentrique...
J'étais tellement concentré sur moi-même que je n'ai même pas vu que Hisashi avait des doutes.
Dans un moment pareil...
En tant qu'ami, en tant que caméraman,
En tant que petit ami...
Qu'est-ce que je peux faire pour aider Hisashi ?
Pi
Pi
Pi
Pi
RÉVEILLÉ...

Le réveil sonne !
WHAM
MERDE ! ON EST EN RETARD !!
MAO !!
MA…
O…?
HISASHI, ÇA TE DIRAIT DE SÉCHER LES COURS AUJOURD'HUI ?
C'EST RARE QUE TU PROPOSES DE SÉCHER, MAO…
MAIS… POUR ALLER OÙ ? ET FAIRE QUOI ?
À VRAI DIRE, J'AI DÉJÀ MA PETITE IDÉE LÀ-DESSUS.
OK, JE CROIS SAVOIR CE QUE C'EST, MAIS… DIS-MOI TOUJOURS.

J'AVAIS RÉFLÉCHI À D'AUTRES OPTIONS, MAIS...
J'AVAIS SURTOUT ENVIE DE ÇA...
J'AI DÉJÀ PRÉVU DES NOUILLES INSTANTA-NÉES POUR LE REPAS DE MIDI.
TADAM
GIGA
OH...
D'ABORD, ON REGAR-DERAIT UN FILM EN MAN-GEANT DES GÂTEAUX.
ENSUITE, ON MANGE-RAIT DES GÂTEAUX EN REGAR-DANT UN FILM.
WHAM
WHAM
.....
HA HA !
J'EN ÉTAIS SÛR.
HI HI
HÉ HÉ...

J'AIMERAIS POUVOIR TE REMONTER LE MORAL QUAND TU ES TRISTE, HISASHI,
MAIS JE...
JE SUIS NUL POUR TOUT LE RESTE.
MAO...
MAIS J'AI PRÉPARÉ PLEIN DE FILMS JOYEUX !
OU SINON, J'AI AUSSI UNE HISTOIRE DE PRINCESSE QUI FAIT LA GRÈVE...
TU N'ES PAS NUL.

C'EST PLUTÔT MOI QUI SUIS NUL...
JE SUIS INVITÉ À PARTICIPER À UN PROJET AVEC LE CLUB DE CINÉ, ET JE REFUSE...
HISASHI...
... JE N'AI PAS CONFIANCE EN MOI...
LE FILM PRÉCÉDENT, J'AI DIT QUE JE VOULAIS LE FAIRE, ET J'AI RÉUSSI, MAIS LÀ, C'EST DIFFÉRENT...
JE NE PEUX PAS FAIRE LE PERSONNAGE PRINCIPAL.
IL Y A PLEIN D'AUTRES TYPES BEAU-COUP PLUS DOUÉS QUE MOI DANS LE CLUB DE THÉÂTRE.
JE SAIS QUE JE NE SUIS PAS TRÈS BON ET QU'IL ME MANQUE ENCORE PLEIN DE CHOSES.

PARFOIS, JE ME DEMANDE POURQUOI TU AS ENVIE DE ME FILMER, MAO.
TOI, TU TRACES TA ROUTE SANS DÉVIER...
ALORS QUE MOI, JE PANIQUE DANS MON COIN.
HISASHI...
TU SAIS...
DE TEMPS EN TEMPS, JE RELIS ÇA.
TAC
Club de cinéma du lycée Midorigaoka Projet du festival
Les saisons et toi, etc... (Script)
ET JE ME DIS QUE MAINTENANT, JE JOUERAIS BEAUCOUP MIEUX LE RÔLE...
PAR EXEMPLE, QUAND IL DIT CETTE PHRASE : «T'ES AMOUREUX DE MOI, NON ?»
À CE MOMENT-LÀ, ÔTOMO EST AMOUREUX DU DÉLÉGUÉ, DONC ÇA A DÛ LUI DEMANDER DU COURAGE DE POSER LA QUESTION...
J'AURAIS DÛ ÊTRE PLUS...
CHUCHOTE

MAO...?
JE PEUX TE FILMER ?
JE VAIS TE FILMER COMME AVANT, ET TU VAS LIRE TES PHRASES.
...À PARTIR D'OÙ ?
À PARTIR DE «TU ES ENCORE LÀ ?».
«TU ES ENCORE LÀ, DÉLÉGUÉ ?»
C'est le même contexte qu'avant, les mêmes phrases...
Mais...

Devant moi, Hisashi brille de mille feux.
00:00:21
Je ne peux pas détacher mon regard de lui.
GRIP...
J'ai envie de rapprocher ma caméra le plus possible.
«TU ES...
...AMOUREUX DE MOI, NON ?»
ビデオ

OUI, JE SUIS AMOUREUX DE TOI, HISASHI.
MAO...
C'EST POUR ÇA QUE PARFOIS, JE MANQUE TERRIBLEMENT DE CONFIANCE EN MOI...
C'EST LA PREMIÈRE FOIS QUE JE SORS AVEC QUELQU'UN, EN PLUS...
JE NE SUIS PAS UN PETIT AMI TRÈS ATTENTIONNÉ...
JE NE PARLE QUE DE CINÉMA TOUT LE TEMPS.
ET MÊME POUR LE SEXE... JE SUIS NUL, JE NE SAIS RIEN FAIRE...
C'EST TOUJOURS TOI QUI PRENDS L'INITIATIVE, HISASHI...
HEIN ?
CÂLIIIN...

MAIS BON ! ON NE PEUT PAS RÉUSSIR DU PREMIER COUP !
ON EST DÉBUTANTS, DONC ON VA FAIRE DES PROGRÈS PETIT À PETIT !
ENFIN, JE CROIS...
QUE CE SOIT TON JEU D'ACTEUR OU MON TALENT DE PETIT AMI...
J'espère...
TON TALENT DE PETIT AMI...
EN PLUS... CE N'EST PAS QUELQU'UN DE PLUS DOUÉ QUE TOI QUE JE VEUX FILMER.
C'EST TOI, TOUT SIMPLEMENT.
ET CES TYPES DU GROUPE DE MUSIQUE, C'EST TOI QU'ILS VEULENT.
C'EST NORMAL... TU AS VU COMME TU CRÈVES L'ÉCRAN ?
J'AI ENVIE DE TE FILMER...
OU PLUTÔT...

JE VEUX ÊTRE LE SEUL À TE FILMER !
JE SUIS LE SEUL À POUVOIR TE FILMER...
DE LA FAÇON DONT TU LE MÉRITES !
HA HA !
T'ES UN PEU POSSESSIF, LÀ, TU TROUVES PAS ?

CRIIC
OUI, JE SAIS.
BISOU
OH...
TOUT CONTENT
HI HI !
ARGH
AH !!
Pourquoi tu rigoles ?!
GLING !
LAISSE-MOI FAIRE...
HI HI
C'EST JUSTE QUE... TU ESSAIES D'ÊTRE SEXY, LÀ ?
C'est surtout trop mignon.

OUAIS ! ALORS NE TE PLAINS PAS !
HEY !
OUAAAH
JE NE ME PLAINS PAS...
QU'EST-CE QUE TU VAS FAIRE ENSUITE ?
C'EST TOI QUI PRENDS L'INITIATIVE, MAO ?
TU VAS ME TOUCHER ?

NNH...
MMH...
BISOU
BISOU
JE T'ENLÈVE TA CHEMISE...
FLOUP
ゴソ
FLOUP
ゴソ
OK...
FUIP
プチ
FUIP
プチ
BOBOM
ドキ
BOBOM
ドキ
Je lui enlève ses fringues...

HÉ, MAO...
TU VEUX BIEN ME TOUCHER ?
O... OUI ! Je vais te toucher...
PAS ICI. LÀ.
TOUCHE-MOI LES TÉTONS.
D'ACCORD...
.....
Sérieux...
Caresse...
Caresse...
FLOUP
FLOUP
.....
TU...
TU ME CHATOUILLES, MAO...

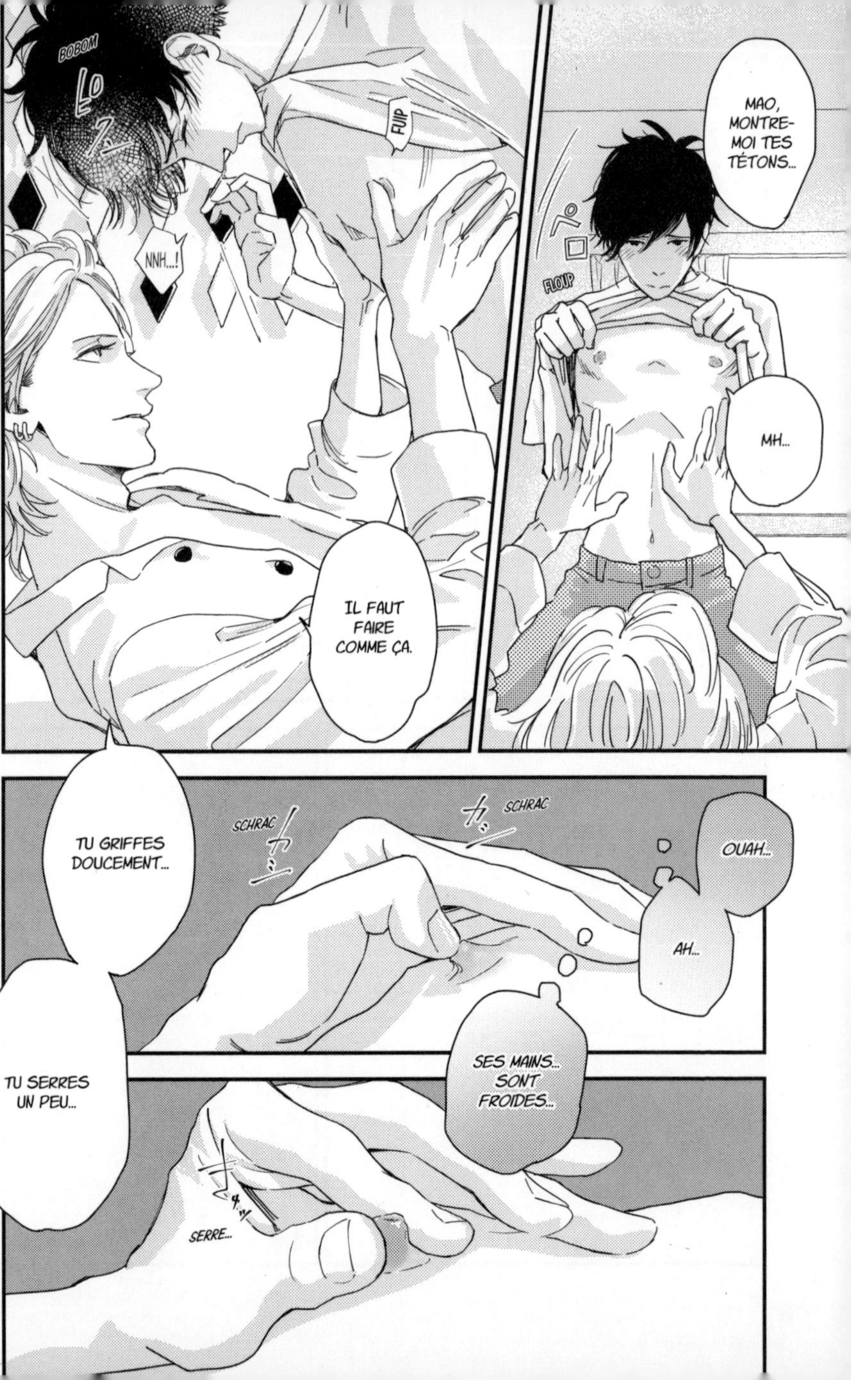
MAO, MONTRE-MOI TES TÉTONS...
FLOUP
MH...
BOBOM
FLIP
NNH...!
IL FAUT FAIRE COMME ÇA.
TU GRIFFES DOUCEMENT...
OUAH...
SCHRAC
SCHRAC
AH...
SES MAINS... SONT FROIDES...
TU SERRES UN PEU...
SERRE...

BOBOM
AH...!
AAH !
C'EST TROP BON...
AAAH...!
JE...
JE VAIS FAIRE EN SORTE QUE ÇA TE DONNE DU PLAISIR AUSSI...
HAA...
HAA...
HAA...
DÉSOLÉ...
HI HI !
POURQUOI TU T'EXCUSES ?

MAO, TU DIS QUE TU NE PRENDS JAMAIS D'INITIATIVE...
MAIS EN VRAI, JE TE TROUVE TRÈS COCHON.
COMME EN CE MOMENT...
FROTTE
FROTTE
TU TE FROTTES CONTRE MOI...
TU ESSAIES DE ME SÉDUIRE ?
C'EST...
C'EST PARCE QUE...
J'AI DU MAL À ME RETENIR...
HAA...

J'AI TELLEMENT ENVIE QUE ÇA ME PICOTE EN BAS... JUSQU'AU FOND...
HISASHI...
DÉPÊCHE-TOI DE ME PRENDRE...
MMH...
BISOU
NNH...
BISOU
!?
OUAH !
RETOURNE
COMPRIS.

JE VAIS TE DONNER CE DONT TU AS TELLEMENT ENVIE, MAO.
JE VAIS ALLER JUSQU'AU FOND.

Twilight Outfocus Overlap

take.3

HAA...
CLAC
CLAC
AH...
CLAC
AAH...
HÉ, MAO... TU AS ENVIE DE REGARDER ?
TU VEUX ME VOIR TE PÉNÉTRER ?
BOBOM
HEIN...?
SI TU TE REDRESSES UN PEU, TU VERRAS TOUT.
REGARDE.
O... OK...

AAH...
POUUUSSE...
C'EST LA PREMIÈRE FOIS QUE TU REGARDES ? ÇA FAIT QUEL EFFET ?
BISOU
QUEL EFFET ? BEN...
ROUGIT...
ALLEZ, DIS-LE...
CRIIIC
AH...
HISASHI...
NNH...
BOBOM
AAH...!

HAA...
AAH...
CRIIC
AH...
CRIIC
MMH...
AH...!
AH...
CRIIC
AAH...
AAH...
HISASHI...
HISASHI...
HAA...
HAA...
HAA...
JE VAIS BIENTÔT...
AAH...
JOUIS QUAND TU VEUX, MAO.

JE TE TIENS...
CONTRACTE...
BOBOM
BOBOM
MMH... NH...
AAAAAH...!

CROAA
CROAA
JE ME DEMANDE SI LES COURS SONT FINIS...
J'AI L'IMPRESSION D'ENTENDRE DES VOIX DEHORS. T'ES FATIGUÉ, MAO ?
NON, ÇA VA...
MAO, APRÈS LA REMISE DES DIPLÔMES, TU RETOURNERAS DANS TA VILLE D'ENFANCE ?
OU BIEN TU IRAS ENCORE AILLEURS ?
JE SAIS PAS ENCORE...
J'AI MIS UNE UNIVERSITÉ DE MA VILLE DANS MES VŒUX D'ORIENTATION...
MAIS JE N'ARRIVE PAS À ME DÉCIDER, DONC IL FAUT QUE J'EN DISCUTE AVEC LES AUTRES.
AVEC MES PARENTS, AVEC ICHIKAWA...
ET BIEN SÛR, AVEC TOI, HISASHI.

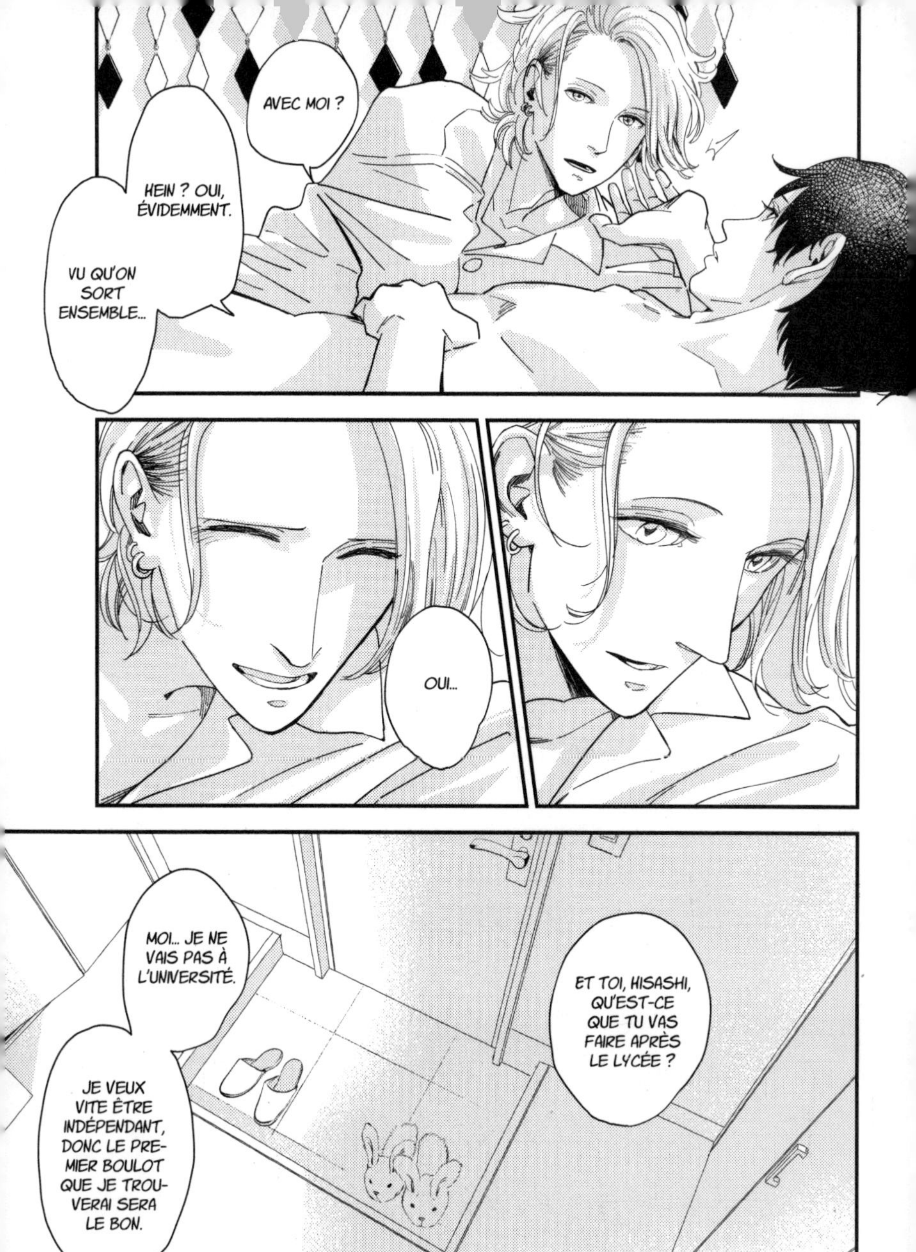
AVEC MOI ?
HEIN ? OUI, ÉVIDEMMENT.
VU QU'ON SORT ENSEMBLE...
OUI...
ET TOI, HISASHI, QU'EST-CE QUE TU VAS FAIRE APRÈS LE LYCÉE ?
MOI... JE NE VAIS PAS À L'UNIVERSITÉ.
JE VEUX VITE ÊTRE INDÉPENDANT, DONC LE PREMIER BOULOT QUE JE TROUVERAI SERA LE BON.

ET LE THÉÂTRE ? TU VAS CONTINUER ?
...SI JE CONTINUE, TU RESTERAS À MES CÔTÉS ?
HEIN...?
C'ÉTAIT UNE BLAGUE. À VRAI DIRE, JE SAIS PAS ENCORE...
HISASHI...
JE SUIS INQUIET...
TU VAS ALLER À L'UNIVERSITÉ, JE VAIS TROUVER DU BOULOT... ON VA PRENDRE DES CHEMINS DIFFÉRENTS.
TOUT VA CHANGER POUR NOUS... LES GENS QU'ON CONNAÎT, L'ENDROIT OÙ ON HABITE...
IL Y A BEAUCOUP D'HISTOIRES DE GENS QUI SE SÉPARENT À CAUSE DE ÇA...
ON NE SE SÉPARERA PAS.

NE DÉCIDE PAS DE ÇA TOUT SEUL.
IL Y A BEAUCOUP D'HISTOIRES DE GENS QUI SE SÉPARENT ? QU'EST-CE QUE ÇA PEUT FAIRE ? C'EST NOTRE HISTOIRE À NOUS.
HI HI...
C'EST CE QUE J'AIME LE PLUS CHEZ TOI, QUAND TU DIS CE GENRE DE CHOSES, MAO...
JE SUIS SÉRIEUX...
OUI... DÉSOLÉ SI TU AS EU L'IMPRESSION QUE JE TE TESTAIS.
TOUT DE MÊME, ON SERA RESTÉS TROIS ANS ENSEMBLE DANS CETTE CHAMBRE...
RIEN QUE DE PENSER QU'ON VA DEVOIR LA QUITTER UN JOUR...

«Ça me fait peur», a murmuré tout doucement Hisashi.
Moi aussi, ça me fait un peu peur.
ÇA SERAIT BIEN SI LE DESTIN EXISTAIT...
SI ON ÉTAIT RELIÉS PAR LE FIL ROUGE DE LA DESTINÉE...
LE FIL ROUGE DE LA DESTINÉE ?
OUI... TU CONNAIS PAS ?
C'EST UN FIL ROUGE QUI RELIE PAR L'AURICULAIRE DEUX PERSONNES LIÉES PAR LE DESTIN...
SI, JE CONNAIS... HISASHI, TU ES SUR LE POINT DE T'ENDORMIR, NON ?

AVEC LE FIL DU DESTIN...
QUOI QU'IL ARRIVE, MAO,
TOI ET MOI...
ON SERA TOUJOURS ENSEMBLE...
.....
FUIP...
FLAP...
Si Hisashi est inquiet, s'il a peur, c'est parce qu'il a déjà été blessé, par le passé.

Quand j'y pense, j'ai le cœur qui se serre.
J'aimerais pouvoir le rassurer, mais je ne sais pas ce que le destin nous réserve.
Dans ma situation actuelle...
Qu'est-ce que je serais bien capable de faire pour lui...?

Je veux rendre Hisashi heureux.

BROUHAHA
LES ÉLÈVES DE PREMIÈRE DU CLUB DE CINÉMA, JE VAIS DISTRIBUER LES TICKETS ! RASSEMBLEZ-VOUS DEVANT MOI !
BROUHAHA
SI CERTAINS D'ENTRE VOUS ONT OUBLIÉ LEUR STORY-BOARD, J'EN AI D'AUTRES, DONC PRÉVENEZ-MOI !
BROUHAHA
BROUHAHA
ICHIKAWA ET LE RESTE DE L'ÉQUIPE ONT DÉJÀ FILMÉ LE GROUPE EN TRAIN DE JOUER ?
OUI, ILS SE SONT DÉPLACÉS JUSQU'À L'UNIVERSITÉ POUR ÇA.
LA VIDÉO A ÉTÉ MISE SUR LE CLOUD.

ÔTOMO, MERCI D'AVOIR ACCEPTÉ DE FAIRE ÇA.
DE RIEN...
JE DIS ÇA COMME ÇA, MAIS...
JE SUIS LE SEUL RÉALISATEUR CAPABLE DE CAPTURER TON TALENT, ÔTOMO !
GYA HA HA !
AH...
J'ai l'impression d'avoir déjà entendu ça quelque part...
ALORS DÉTENDS-TOI ET LAISSE-MOI TE FILMER !
TING !
FIIIXE...
.....
LE TRAIN EST ARRIVÉ !
POOON...

ON VA REVÉRIFIER LE STORYBOARD ET LE PROGRAMME.
TACATAM
TACATAM
No.
CUT
PICTURE
Follow PAN
LA SCÈNE SE PASSE À LA MER. ON VA D'ABORD FILMER LE PASSAGE OÙ IL COURT SUR LA PLAGE.
No. 5
CUT
PICTURE
ON FILMERA ENSUITE LA SCÈNE OÙ IL SE LAISSE TOMBER DANS LA MER.

APRÈS DISCUSSION AVEC LE CPE, ON A RÉUSSI À OBTENIR DE FILMER PENDANT DEUX HEURES.
ÇA VA ÊTRE TRÈS JUSTE POUR TOUT FILMER, DONC JE VEUX QUE CHAQUE GROUPE SOIT RAPIDE ET EFFICACE.
VOILÀ, C'EST TOUT.
TACATAM
TACATAM
Une seule prise...
OUAH...
CE PASSAGE-LÀ, IL FAUT LE FAIRE EN UNE SEULE PRISE.
NON SEULEMENT ON N'A PAS LE TEMPS, MAIS ON N'A PAS DE COSTUME DE RECHANGE... ÇA VA ÊTRE CHAUD...
Une fois que c'est trempé, c'est fini !
UNE SEULE PRISE... IL FAUDRA PAS FAIRE D'ERREUR ! J'ESPÈRE QUE ÇA IRA...
AAH !!
ON VOIT LA MER !!
TROP BEAU !!
TACATAM
TACATAM

SPLASH...
VOICI LES INSTRUCTIONS DU CLUB D'ART.
SPLASH...
DANS LA DERNIÈRE SCÈNE, IL Y AURA DES BALLONS DE BAUDRUCHE QUI FLOTTENT SUR LA MER.
BIEN ENTENDU, ON NE PEUT PAS SE PERMETTRE DE LAISSER QUOI QUE CE SOIT SUR LE LIEU DE TOURNAGE.
UNE FOIS QUE LA PRISE SERA TERMINÉE, IL FAUDRA TOUS LES RÉCUPÉRER.
QUESTION !
ILS NE VONT PAS ÊTRE EMPORTÉS PAR LA MER ? C'EST LÉGER, UN BALLON.
EXACTEMENT !

LE CLUB D'ART NOUS A FABRIQUÉ ÇA.
Ballon rouge
Un fil rouge, pour qu'il se voie bien.
Une pierre assez lourde.
MALGRÉ TOUT, CERTAINS BALLONS RISQUENT TOUT DE MÊME DE SE FAIRE EMPORTER.
DÈS QU'ON AURA CRIÉ «COUPEZ !», IL FAUDRA TOUS SE PRÉCIPITER POUR LES RAMASSER.
OK !
ÇA ROULE !
HISASHI, TU T'ES CHANGÉ ?
Ça te va bien, le costume...
MAO...
FAIS DE TON MIEUX.
OUI...
ALLEZ, ON Y VA !

C'EST PARTI !
ACTION !
SCÈNE N°1
SUR LA PLAGE
Un homme est en train de courir sur le rivage. Il va tout droit et regarde vers l'avant.

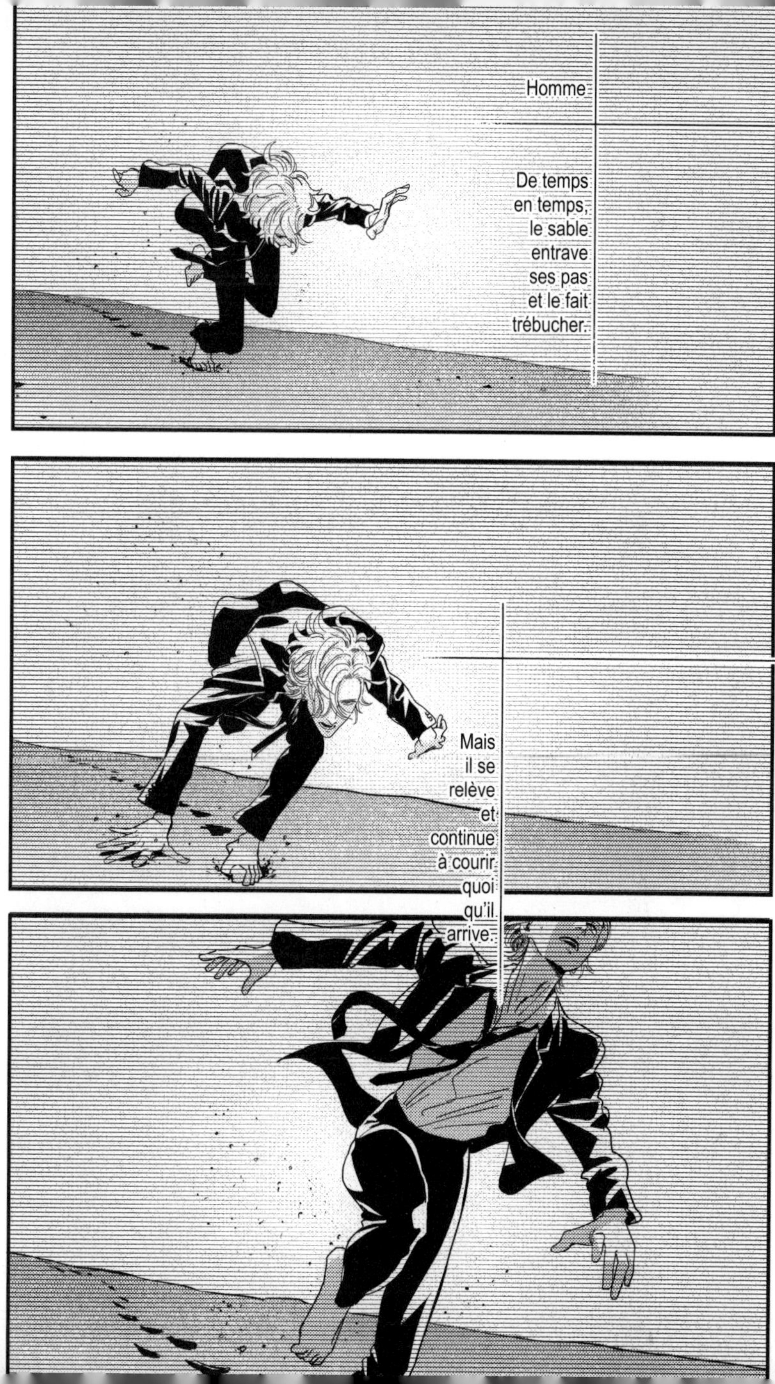
Homme
De temps en temps, le sable entrave ses pas et le fait trébucher.
Mais il se relève et continue à courir quoi qu'il arrive.

COUPEZ !!
HAA...
......
HAA...
HAA
...
HAA...
HAA...
......
......
HAA...
HAA...
HAA...

OK, C'EST BON !
PARFAIT !
ON PASSE À LA SCÈNE SUIVANTE.
TOUS LES ACCESSOIRES SONT PRÊTS ?

MAO, C'EST BON POUR TOI ? IL FAUT TOUT FAIRE EN UNE SEULE PRISE.
Le tournage sera bientôt fini...
JE SUIS PRÊT, C'EST QUAND TU VEUX.
OK !
ON EST PARTIS...
ACTION !!

Combien de temps est-ce que je pourrai continuer à faire ça ?
Quand l'été se termine, l'hiver arrive, puis le printemps revient... Tout semble pareil, mais c'est un printemps différent.
Combien de scènes, combien de prises est-ce que je pourrai encore filmer ?
Avec Hisashi ?

Combien de fois...
pourrai-je encore vivre ce genre de moments avec les autres ?
Si c'est possible, j'aimerais qu'ils ne se terminent jamais...

COUPEZ ! OK !
MAINTENANT, ON RÉCUPÈRE LES BALLONS !
HÉ, HISASHI...
MAO...

APRÈS LE LYCÉE, TU VOUDRAIS BIEN QU'ON HABITE ENSEMBLE ?
ON NE PEUT PAS FORCER LE DESTIN, MAIS ON PEUT SE FAIRE UNE PRO-MESSE !
VIENS HABITER AVEC MOI...
SI JAMAIS NOS ROUTES SE SÉPARENT, ON POURRA TOUJOURS SE RETROU-VER LÀ...
Ce n'est peut-être pas le destin, mais toute une série de petits instants passés ensemble...
.....

MAO...
QUOI ?
J'AI VRAIMENT ENVIE DE T'EMBRASSER, LÀ...
HEIN ?!
Euh...
MAIS JE VAIS ÉVITER. JE SUIS LE PERSONNAGE PRINCIPAL, APRÈS TOUT...
IL FAUT QUE JE JOUE MON RÔLE JUSQU'À CE QUE LE TOURNAGE SOIT FINI...
PAS VRAI ?
Comment ça se passe, par là ?
BON !
Les autres promesses n'ont pas donné grand-chose...
ON VA FAIRE UNE NOUVELLE PROMESSE QU'ON RESPECTERA SCRUPULEUSEMENT.
UNE PROMESSE ? POURQUOI PAS 3, COMME ON AVAIT FAIT AU DÉBUT ?
T'AS RAISON...

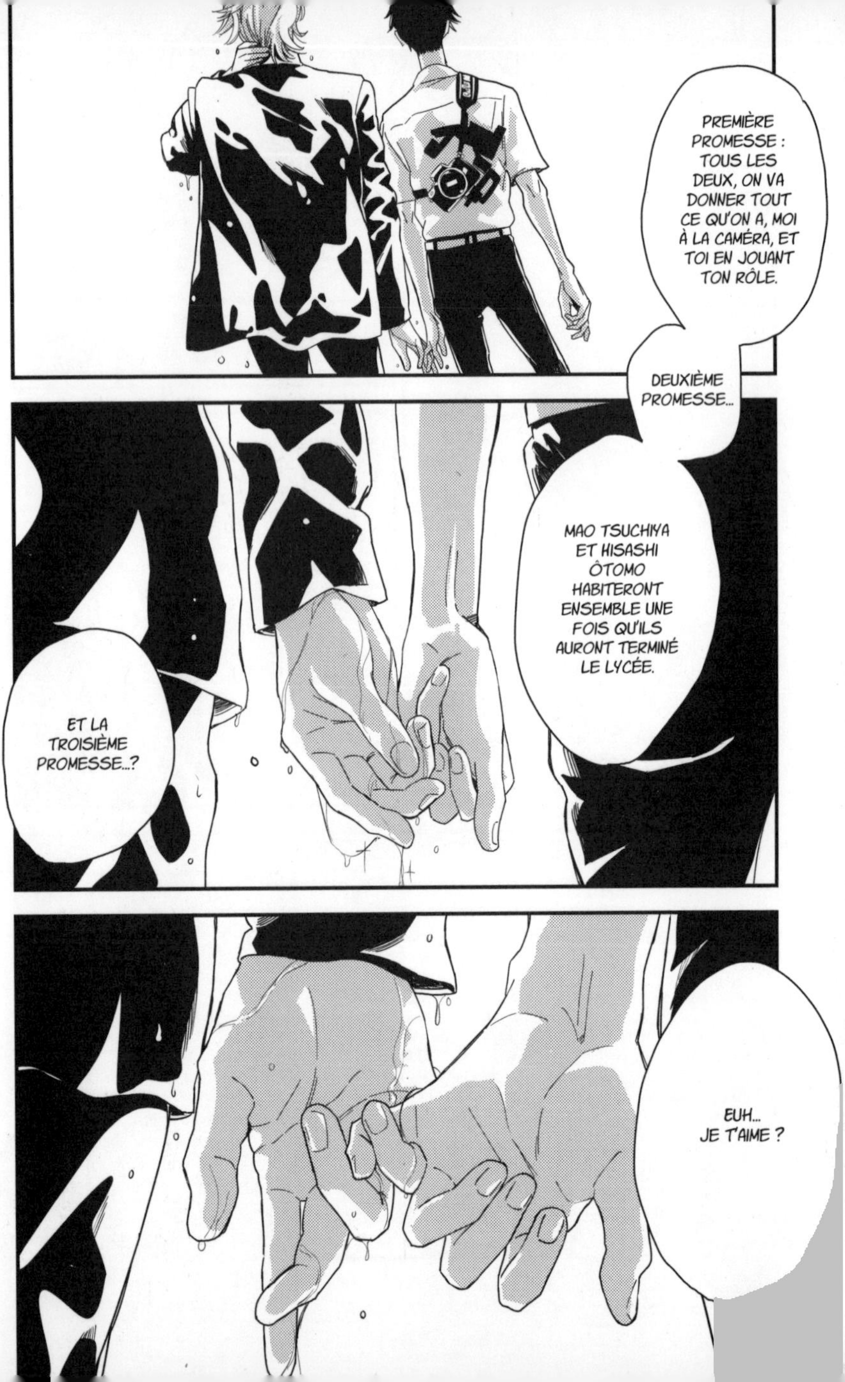
PREMIÈRE PROMESSE : TOUS LES DEUX, ON VA DONNER TOUT CE QU'ON A, MOI À LA CAMÉRA, ET TOI EN JOUANT TON RÔLE.
DEUXIÈME PROMESSE...
MAO TSUCHIYA ET HISASHI ÔTOMO HABITERONT ENSEMBLE UNE FOIS QU'ILS AURONT TERMINÉ LE LYCÉE.
ET LA TROISIÈME PROMESSE...?
EUH... JE T'AIME ?

MOI AUSSI, JE T'AIME.
HA HA ! C'EST PAS UNE PROMESSE, ÇA !

AAAAAH !!
C'EST PAS VRAI ! IL EN MANQUE ? ON N'A PAS TOUT RÉCUPÉRÉ ?!
NOOOOOOON !
ざぶ
SPLASH
ON A LE COMPTE POUR LES PIERRES ET LES BALLONS, MAIS IL MANQUE UN FIL !
ALLEZ, TOUT LE MONDE ! ON DOIT TROUVER UN FIL ROUGE !
SPLASH
ざぶ
ÇA SE REMARQUE, COMME COULEUR !
J'AI PERDU TOUTE SENSATION DANS LES PIEDS...
L'EAU EST GLACIALE...
Si on ne se dépêche pas, je vais perdre mes jambes.
SPLASH !
HÉ HO, MAO ! AIDE-NOUS !
Pose la caméra et viens !
AH... OK, J'ARRIVE !

REGARDE, IL Y A QUELQUE CHOSE, LÀ-BAS...
AH...!
HEIN ?
C'EST... C'EST LE FIL ROUGE QU'ON CHERCHAIT !

Twilight Outfocus Overlap

BONUS

JE VOIS BIEN ÇA DANS LE CIEL...
DU GENRE, SUR LE TOIT DU LYCÉE...
ÔTOMO SERAIT EN COSTUME, COMME LA FOIS DERNIÈRE...
LA VISION DU RÉALISATEUR
Aah, on dirait le personnage principal d'un manga...
EUH...
Qui a dit que j'allais partici-per ?
ET IL DEVRAIT PASSER À TRAVERS UNE FOULE DE GENS POUR ARRIVER JUSQU'AU TOIT !
JE VOUDRAIS AU MOINS CENT FIGURANTS !
MMH, MMH...
ET QUI VA DEVOIR S'OCCUPER DES CENT FIGURANTS, HEIN ?
Je prends note quand même au cas où...
HISASHI, TU VEUX VOIR LES PAROLES DE LA CHANSON ?
OUAIS... C'EST OÙ ?
.....

DITES-MOI, TOUS LES DEUX, VOUS SORTEZ ENSEMBLE ?

AH, MOI AUSSI, JE ME POSAIS LA QUESTION.
FUIP
ズイ
REGARDEZ CETTE PHOTO, ELLE A ÉTÉ PRISE LE JOUR DU TOURNAGE.
VOUS AVEZ L'AIR D'ÊTRE EN COUPLE, LÀ-DESSUS.
OUAH, QUELLE BELLE PHOTO !
C'EST TOI QUI L'AS PRISE, TERU ?
OUI
OUI
ドキン
BOBOM...

BOBOM
BOBOM
Que faire...?
BOBOM
Hisashi a dit qu'il voulait le cacher...
Je ne peux pas leur dire la vérité...
BOBOM
Mais...
ROUGIIIT...
Je suis super gêné...
Ça craint...
TREMBLE
TREMBLE
Rien qu'à ma réaction, ils vont tout com-prendre...

Qu'est-ce que je dois répondre ?
.....
EUH...
NERVEUX
C'EST...
EUH...
NERVEUX
.....
.....
OUPS
Mince... Il est donc du genre à perdre tous ses moyens quand on lui demande ça...
.....
.....
Qui est l'idiot qui lui a posé la question ?
.....
C'est moi. (Pardon.)

OUI, ON SORT ENSEMBLE.
AH BON, D'ACCORD !
FALLAIT LE DIRE, BANDE DE CACHOT-TIERS ! FÉLICITA-TIONS !
HA HA HA !
A... ATTENDS, HISASHI !
VIENS AVEC MOI UN INSTANT !
TIRE
OK...

POURQUOI TU L'AS DIT ?! JE CROYAIS QUE...
ALLONS, ALLONS, DU CALME.
C'EST TOI QUI VOULAIS LE CACHER AUX AUTRES...
OUI, JE SAIS...
MAIS BON.
DISONS QUE...
C'ÉTAIT CE QUE J'AURAIS PRÉFÉRÉ.
MAIS LÀ, CE SONT TES AMIS, MAO...
ÇA NE ME DÉRANGE PAS QUE CEUX DU CLUB DE CINÉ SOIENT AU COURANT.
.....
Ceux du club de ciné...

ET PUIS, T'AVAIS L'AIR À DEUX DOIGTS DE TOUT LEUR DIRE.
C'était plus simple de l'avouer directement, non ?
AAH...
AH BON, ÇA SE VOYAIT SUR MON VISAGE ?
TU AVAIS ENVIE DE LEUR EN PARLER ?
BEN... C'EST VRAI QUE ÇA M'EST ARRIVÉ D'AVOIR ENVIE QU'ILS LE SACHENT...
REGARD
JE VOULAIS ME VANTER DE MON MERVEILLEUX PETIT COPAIN.
TU AURAS PLEIN D'OCCASIONS DE LE FAIRE, MAINTENANT...
HÉ LÀ, VOUS DEUX !

ÇA VOUS DIT QU'ON AILLE SUR LE TOIT, POUR VISITER NOTRE PROCHAIN LIEU DE TOURNAGE ?
ON VOUS DÉRANGE, PEUT-ÊTRE ?
HI HI HI !
!!
NON, VOUS...
OUAIS, VOUS NOUS INTERROM-PEZ AU MOMENT CRUCIAL, LÀ !
HA HA HA !
HISASHI ?!
HA HA !
HA HA HA !

Drama CD Off Record Reportage

Ce bonus a été écrit pour l'enregistrement du drama CD de Twilight Outfocus, dont la sortie japonaise a eu lieu le 29 mai 2020.

Voici les deux doubleurs qui ont joué les rôles principaux !
Dans le rôle de Mao Tsuchiya, Yoshitsugu Matsuoka.
Dans le rôle de Hisashi Ôtomo, Yûma Uchida.
En ce qui concerne les autres membres du club de ciné...
Dans le rôle de Giichi Ichikawa : Masatomo Nakazawa.
Nakazawa-san est quelqu'un de très gentil, mais il a joué à la perfection toute l'étrangeté d'Ichikawa.
Dans le rôle de Runa Kagari : Aoi Ichikawa.
Il est beaucoup plus classe en vrai ! Et il a parfaitement retransmis le côté cynique de Runa.
Dans le rôle de Teru : Kôhei Yanagi.
On aurait vraiment dit des jumeaux !

Et pour ceux qui n'étaient pas du club ciné !
Dans le rôle de Honjô : Takeo Ôtsuka.
Rien qu'à sa voix, on sentait qu'il était gentil.
Dans le rôle du professeur : Taito Ban
Il a rendu le professeur très sexy.
Dans le rôle de la mère de Hisashi : Riho Sugiyama.
Elle était merveilleuse dans son rôle !
Dans le rôle de la sœur de Hisashi : Saho Shirasu.
Quelle adorable petite sœur !
Les preneurs de son.
QUELLE CLASSE !
Les employées de Ginger Records.
Je ne pensais pas que tant de monde serait impliqué dans l'enregistrement du drama CD.
OUAH !
C'est
ênial !
Début de l'enregistrement.
C'EST BON, ÇA FILME ?
OUI, C'EST BON. ASSIEDS-TOI.

Mao !! On dirait un ange !!
Trop mignon !!
ÇA RÉSONNE DANS MA TÊTE...
OUAAH...
Le Mao joué par Matsuoka-san était direct et un peu maladroit...
Sa voix donnait l'impression de plonger à l'intérieur de moi, j'étais vraiment émue.
En ce qui concerne Uchida-san qui jouait Hisashi...
OH LÀ LÀ...
OUAAH...
QU'EST-CE QUI VOUS ARRIVE, JYANOME-SAN ?
Il était trop classe !
(Direct)
TOUT LE MONDE VA TOMBER AMOUREUX DE HISASHI...
TOUT LE MONDE VA ÊTRE DINGUE DE LUI !
Moi aussi, je vais tomber amoureuse !
Il est trop classe !
.....
MOI, JE SUIS AMOUREUSE DE HISASHI DEPUIS LE DÉBUT.
Trop gentille !

La scène que j'attendais avec le plus d'impatience,
c'est celle quand ils parlent ensemble, une fois le film terminé.
Là où ils disent vraiment ce qu'ils ont sur le cœur.
L'ambiance dans le studio d'enregistrement était vraiment animée.
BLA BLA BLA BLA
HA HA HA !
HA HA HA !
On entendait les voix des acteurs qui discutaient et plaisantaient entre eux.
OH...
Ils ont l'air de bien s'amuser.
WAAH !
J'AI REGARDÉ DES FILMS ÉROTIQUES POUR APPRENDRE !
Quel courage il faut pour prononcer une phrase pareille comme si de rien n'était !
En fait, il l'a même dit avec tellement d'énergie qu'il a dû refaire la prise, mais bon...
Uchida-san se faisait appeler par le nom de son personnage et levait la main pour répondre aux questions.
HISASHI-SAN !
OUIIIII !
Il se fait appeler par le nom du rôle.
Je suis tombée complètement amoureuse.
Il était super énergique !
ET VOILÀ... PLEIN DE CHOSES SE SONT PASSÉES...
MALHEUREUSEMENT, JE N'AI PAS LA PLACE DE TOUTES LES RACONTER.

La scène où Hisashi et Mao regardent un film...
Il y avait même un faux script pour ce film, et des doubleurs qui en ont enregistré les voix.
Ça m'a vraiment touchée de voir à quel point ils allaient dans les détails. C'est un merveilleux souvenir.
Si vous en avez l'occasion, n'hésitez pas à vous procurer le drama CD de Twilight Outfocus, réalisé par des professionnels talentueux ! Il est vraiment génial ! Il est sorti au Japon le 29 mai 2020. Je compte sur vous !
Écoutez-le !

Afterimage Slow Motion

Prologue

BROUHAHA
ぞろ
BROUHAHA
ぞろ
REGARDE ! C'EST LE CLUB DE CINÉ !
C'EST LA BANDE D'ICHIKAWA !
Le seigneur du club et sa procession !
CHUCHOTE
ヒソ
C'EST VRAI, ILS SONT EN TRAIN DE TOURNER QUELQUE CHOSE, EN CE MOMENT...
CHUCHOTE
ヒソ
UN NOUVEAU FILM ?
C'EST POUR LE CONCOURS ?
OUAIS ! LE CONCOURS DU FESTIVAL DU LYCÉE.
IL A EU LIEU L'ANNÉE DERNIÈRE AUSSI !

UN MEMBRE DU CLUB M'A DIT QU'ILS TOURNAIENT UN FILM BL.
BLABLA
UN FILM BL ?! DANS UNE ÉCOLE DE GARÇONS ?! BONJOUR LE CHALLENGE !
APPAREMMENT, C'EST ÔTOMO DE LA CLASSE C QUI JOUE LE RÔLE PRINCIPAL.
BLABLA
SÉRIEUX ? IL JOUE DANS UN FILM ?
Ça m'étonne de lui.
BLABLA
HO HO HO...
JE VOIS QUE TOUT LE MONDE PARLE DE NOUS ! C'EST BIEN !
Parfait, parfait !
JE VOIS PAS CE QUI TE FAIT RIRE...
.....
TOUT LE MONDE EST INTRIGUÉ, ON DIRAIT.
Arrête de faire craquer tes mains.
CRAC
CRAC
C'EST TOUJOURS MIEUX DE SE CONSTRUIRE UNE RÉPUTATION AVANT L'ÉVÈNEMENT !
C'ÉTAIT CE QUE JE VISAIS.
PEUT-ÊTRE, MAIS IL Y A BONNE RÉPUTATION ET MAUVAISE RÉPUTATION.

«JE NE PENSE PAS QU'ICHIKAWA SOIT CAPABLE DE RÉALISER UN FILM D'AMOUR».
QUE RÉPONDEZ-VOUS À CES CRITIQUES,
M. LE RÉALISATEUR ?
Avez-vous le temps de répondre à mes questions ?
FUIP
QUI A OSÉ DIRE ÇA ?
BEN... IL FAUT DIRE...
ON NE DONNE PAS L'IMPRESSION DE S'Y CONNAÎTRE EN FILMS ROMANTIQUES, PAS VRAI ?
.....
PARCE QU'ON N'A AUCUN SUCCÈS EN AMOUR, C'EST ÇA ?
URGH
EXACTEMENT !
URGH...

FLAP
FLAP
C'EST DÉBILE.
LAISSE-LES DIRE CE QU'ILS VEULENT.
TIENS… JE PENSAIS QUE TU ALLAIS TE METTRE EN COLÈRE.
IL SUFFIT QU'ON LEUR PROUVE L'INVERSE AVEC NOTRE FILM.
ET PUIS, C'EST VRAI QUE JE N'Y CONNAIS RIEN EN AMOUR…
UN JOUR, J'AIMERAIS ÊTRE CAPABLE DE MIEUX COMPRENDRE TOUT ÇA…
MAIS POUR L'INSTANT, JE SUIS BIEN COMME JE SUIS.

ON VA ÊTRE BIEN OCCUPÉS AVEC NOTRE FILM...
JE N'AI PAS LE TEMPS DE M'INTÉRES-SER À AUTRE CHOSE.
JE VEUX FAIRE UN BON FILM !
GRRRR
POUR QUE CEUX QUI SE MOQUENT DE NOUS S'EN MORDENT LES DOIGTS !
GRRRR
ET POUR FAIRE TOMBER LES TER-MINALES DE LEUR PIÉDES-TAL !
OUH LÀ... DU CALME, IL FAUT D'ABORD LE COMMENCER, LE FILM.
TU SAIS, ICHIKAWA, TU DIS ÇA MAINTENANT, MAIS...
ON NE SAIT JAMAIS QUAND ON VA RENCONTRER QUELQU'UN ! ÇA POURRAIT T'ARRIVER PLUS VITE QUE TU NE LE CROIS.
ARRÊTE, TU ME FICHES LES JETONS...
Me fais pas peur comme ça.

D'UN AUTRE CÔTÉ, ON DIT BIEN «TOMBER AMOUREUX»...
ÇA DOIT VOULOIR DIRE QUE ÇA ARRIVE D'UN COUP.
TAP
TAP
C'est vrai...
Par exemple...
Quelqu'un pourrait débarquer au coin de ce couloir et me bousculer...

PAF !
GRR...
LE PRÉSIDENT DU CLUB...
IL EST EN TERMINALE...
SMILE !

DING !
.....
TSS...
QUEL SANS-GÊNE !
Oups, j'ai été tellement surpris que j'ai pas eu le temps de les saluer...
JE M'Y ATTENDAIS PAS... ILS ONT VRAIMENT BEAUCOUP DE CHARISME, LES TERMINALES DU CLUB.
.....
NON !
C'EST DÉCIDÉ !
J'AI PAS BESOIN D'AMOUR POUR L'INSTANT !

IL FERAIT MIEUX DE NE PAS SE MONTRER TROP ARROGANT ET SÛR DE LUI, LE PRÉSIDENT DU CLUB !
PARCE QU'ON VA GAGNER LE CONCOURS DU FESTIVAL DU LYCÉE !

end

Twilight Outfocus Overlap

HANA

www.boys-loves.fr

Traduit du japonais par Laurie Asin

Maquette : Justine Mouron

Relecture : Aurélie Valognes

Responsable Editorial & Production : Tony Mr P

Dépot légal : Septembre 2021
ISBN 978-2-38276-052-9
ISSN 2743-4435

Imprimé par GZ Digital Media as

Prochainement chez Hana